JN006132

「早く、逃げなさい。死ぬわよ」
少女は切れ長で勝ち気な青の瞳に
苦しみを宿しながら、
重音を見つめた。
クソッ！
またモブか⁉
～世界の片隅のモブから
負けヒロインのもとへ～

「…………ふんっ。誰だか知らないけど、
私はアンタなんかにこれっぽっちも興味はないわ。
他を当たりなさい」
早乙女ルイ
白峰琴音

如月ハヤト
鳳城セナ
学園ファンタジーノベルの金字塔
『世界最強の大魔導士、現代ファンタジーに転生して無双する。』の登場人物たち

「そーだルイルイ、今日噂の彼と一緒に帰ったんでしょ？

どうだったの〜」

「別にどうってことないわよ」

「でもルイルイがハヤト以外の男の子と帰るなんてね〜、明日は雨が降りそう〜」

「火威さんに頼まれたんだからしょうがないでしょ」

「え〜、ルイルイだったら断るじゃん。男の子嫌いだし。

あー、さては毎日誘われててまんざらでもなくなったとか〜？」

クソッ!
またモブか!?
~世界の片隅のモブから
負けヒロインのキミへ~
裕道麩葱
Yudo Iunegi
イラスト＝有河サトル

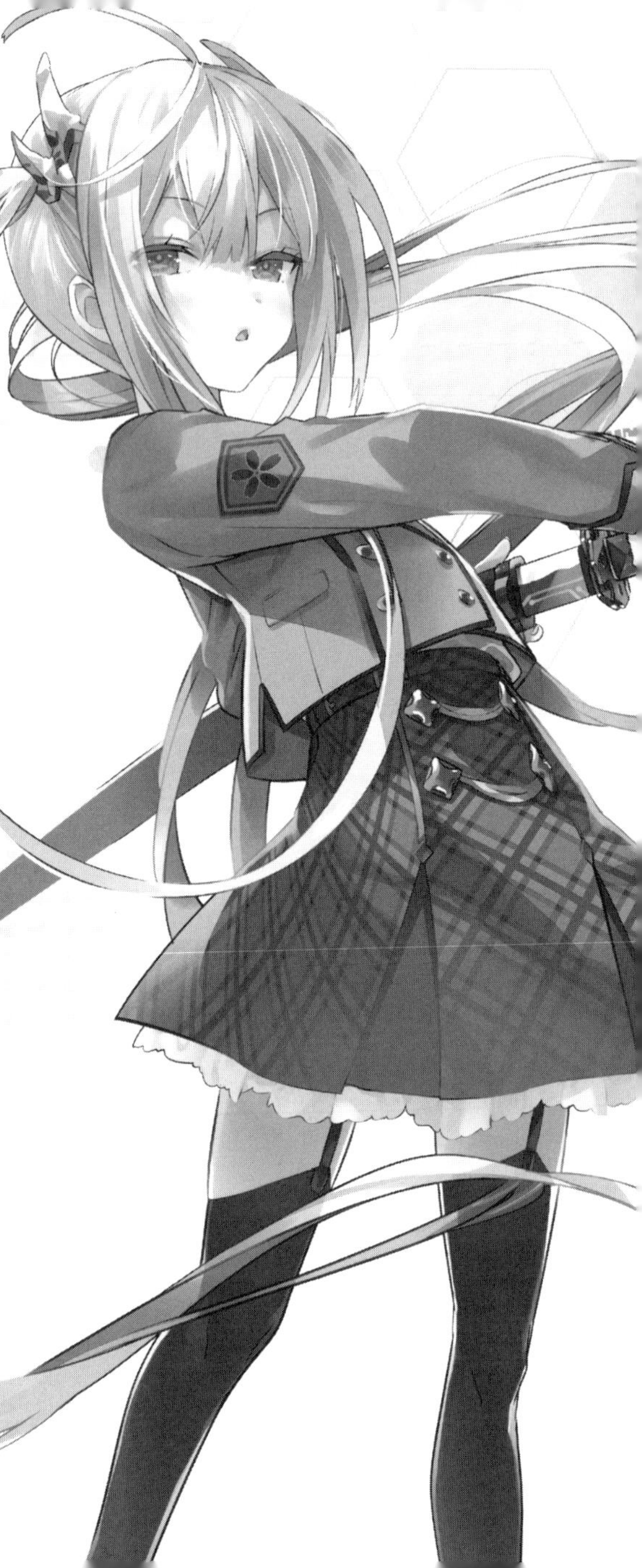

CONTENTS

プロローグ
冴えない現実と華やかな物語

ある日、宇宙の彼方《かなた》から飛来した七本の巨大な槍。

イヴェルシャスカの槍と呼ばれるそれは、傍若無人《ぼうじやくぶじん》に驕《おご》り高《たか》ぶる人類に怒りを覚えた神が投げ落とした最大の試練とも言える。

槍が発した二種類の未知の粒子は瞬《また》く間《ま》に地球を覆った。

一方の暗黒粒子『死素《ゴブル》』は地球の成層圏に集積して『不干渉毒野《デルタ・サーバー》』と呼ばれる目に見えない領域を創り上げ、一方の暗黒粒子『聖素《カナン》』は槍近辺に『反撃の煌海原《フィオナ・サーバー》』と呼ばれるこれまた不可視の領域を創り上げる。

前者は異形の怪物を生み出し、後者は文字通り人類に反撃の活路を開いた。

そして、『反撃の煌海原』から神代《じんだい》の力を引き寄せ、人類に力を与えるデバイス、『煌神具《コスモギア》』を開発した人類は、異形の怪物に立ち向かうべくうんたらかんたら。

……固有名詞が多すぎる。研究者や学者が頭を捻《ひね》って中学生が好きそうな名前を考えている

プロローグ『冴えない現実と華やかな物語』

のかと思うとお笑い種《ぐさ》だ。

彼《か》の世界には、そんな独特の固有名詞は存在しない。これはいつかの青い日々の中で読んだ、ただの絵空事。

渋谷には流行《はや》りのファッションに身を包んだものたちが流行りの飲み物食べ物をスマホのカメラに映し、非日常を味わいたくばテーマパークへ赴《おもむ》く。

日本は大抵平和で、たまに海外の内戦のニュースを見て心を濁《にご》し、バラエティでは面白い人が面白いことを喋《しゃべ》る。ドラマでは巨大な怪物が海から上陸したりもするが、実際はアザラシが川に現れて大騒ぎ。

翌日の満員電車を憂《うれ》い、迫る期末テストを嘆《なげ》くが、戦場の前線でうら若きものたちが百花繚乱に舞うこともなければ、絶望的に強い少年がスローライフに勤《いそ》しむこともないし、性格のいい悪役令嬢が周囲に認められていく過程を見ることもない。


「あ、中原《なかはら》じゃん」

「……あ、清里《きよさと》。ひ、ひさしぶり、だな」


そんな冴《さ》えない現実の、さらに冴えない場所で生きてきた中原重音《かさね》。

大学も後半に差し掛かった二十一の夏。バス停に並ぶ社会の景色の最後尾に見事溶け込んだ彼は、手を振って近づいてくる少女に、周りの視線を気にしながら答えた。汗がいつも以上に出てくる。こんなときにハンカチを忘れたのが痛い。

清里茜《あかね》。中学からの同級生で、オタク仲間だった。

大学は別なので、会うのは高校の卒業式以来三年ぶりか。何というか、下品な言い方をすれば、いい女になった、と思う。

服とバッグは見慣れた制服よりずっとラフでお洒落《しやれ》。髪は伸び、茶色に染めている。目元にわずかながら隈《くま》が窺《うかが》えるが、飲み会で朝帰りでもしたのだろうか。

体も心なしか豊かになったように思う。清廉《せいれん》な少女から、余裕のある大人になった。

「中原、変わんないね」

一言二言世辞を並べた後に言われたこの言葉。彼女にその気はないだろうが、それは重音の心に小さな棘《とげ》を振りかける。

バスがやって来る。二人は互いの大学の話を交《か》わしながら乗り込んだ。

中はいつも通り空《す》いている。後部座席の窓側を譲ろうとしたが、「今さら紳士気取りすんなよ～」とのことなので窓側へ。

運転手のもぞもぞした声と共に、バスが緩《ゆる》やかに勾配《こうばい》を進み始める。

「それなに？」

清里と目が合う。重音が気になったのは彼女の首元にぶら下がるペンダントだ。

プロローグ『冴えない現実と華やかな物語』

清里は首元のペンダントのヘッドのかざりを開く。窓から差す光でよく見えなかったが、誰かの写真がはめ込まれていた。

胸がざわざわする。

「か、彼氏？」

「まぁ、そんなところかな。私の大切な人。なんか、バカップルぽいね」

重音は愛想笑いを浮かべる。続く言葉を適当に返しながら、彼は灰色に流れる街並みを眺《なが》めた。

清里茜は、ずっと重音の想い人だった。そして、彼女も高校の頃は重音を好いていたはずだ。

ただ一歩踏み込めば実ったものを、彼は、勇気が出ずに放置したのだ。胸がずきずきと気味悪く蠢《うごめ》く。

疎遠《そえん》になったときからこんな結末は予想していたが、それでも目の前にすると痛い。

清里が近況を知らせるために重音に見せていたスマホが、不意に着信を知らせる。

名前からして、男か。

「電話だよ」

「……あ、多分家族からかな。ちょっと連絡しないとすぐこれなの。後で返事するから大丈夫」

彼女の母はシングルマザーで、確か卒業間際に再婚したはずだ。スマホをしまうために下を向く彼女の表情は見えないが、声は元気だった。

上手くいっているのだろう。家庭も、学業も、恋愛も、何もかも。

「色々やってらんないよね～」

（何やってんだろ、俺）

「……ああ、確かに」

見た目とは裏腹に変わらない彼女の口癖に、随分《ずいぶん》と乾《かわ》いた返事をする自分の口。

彼は本当に、冴えない人間だった。

両親は病でもうこの世にはいない。親の遺産とバイトで食いつなぐ貧乏学生。

同じ趣味の男友達も女友達も多くはない。

金はないが、飢《う》えてもいない。孤独でもない。絶望もしていない。ただ、前に進まない。

出しゃばることを嫌い、人生という舞台の真ん中で輝くものたちを内心で妬《ねた》みながらいつも埃《ほこり》っぽい隅《すみ》っこで斜《しゃ》に構えている。

空気に首を絞められているような、そんな男。

この世界に主人公がいるとすれば、彼は見聞きされるだけの事件で死んでいるどこかのモブであろう。いや、物語の片隅にも現れることはない。

しかし、同じ境遇のものはいくらでもいる。彼は特別ではない。

何も、昔から変わっていなかった。同じものたちが多くいるからこそ、ずっと、青年の人生

プロローグ『冴えない現実と華やかな物語』

は空虚《くうきょ》だ。

夢もなければ、努力もしたくない。大きな浮き沈みもなく、勝手に進む時間に手を引っ張られてしかたなく生きるのに必要なことだけをする。

車窓から見えるあの空のような、濁った半透明の生き方。

そんな掠《かす》れた人生と、それをのうのうと歩む自分が憎かった。

ヒーローのように輝きたいと思っても、日常に甘んじる自分が憎かった。

彼が死んでも、身も世もなく泣き伏してくれる人間はいまい。

せめて、そんな人が一人でもいてくれたら。

今日という一日を楽しそうに生きている清里が、羨《うらや》ましかった。

「――――――」

「え？」

何か、清里の方からか細い声が聞こえたような気がした、そのときである。

――……バスが、ガクンと揺れたのは。

何だ。そう言っている間にも、視界がぐわんぐわんと乱れる。

辛《から》くも捉えた視線の先に、大きな曲がり角があった。

甲高い乗客の悲鳴が耳を衝《つ》く。

車体がガリガリと地面を削る音が悲鳴を覆う。

ふわり。臓器が浮かぶ感覚が気持ち悪い。何か冷たい雫《しずく》のようなものが腕に当たった。

そして。

目の前がノイズ塗《まみ》れになって。

痛みが全身を喰らった。

苦しみと恐怖が体に纏《まと》わりつき、彼に強烈に抱きついた痛みは高速で遠のいていく。

頭がガンガンする。揺らぐ視界がいささかマシになったときに捉えたのは、見たこともない形に大破したバスと、窓から放り出されて地面に打ち付けられ、妙な方向にだらんと伸びた自分の血だらけの腕。

空だけが、こんな惨状を露《つゆ》も知らずに晴れ渡っていた。だが、まるで重音の人生を映したように、どこか白んで鈍《にぶ》い青色をしている。

痛みに喘《あえ》ぐ自分の声がやけに遠い。ガラスが刺さった手も、スクリーンの向こうのようだ。

眠気に似た痛みが命を深淵《しんえん》の奥に引きずり込もうとしている。

騒がしくなる空間の中を這《は》いずった。

(俺、何してるんだろう)

彼はもう一度問うた。何も積み重ねて来なかったくせに、命にしがみつく自分の姿は滑稽《こっけい》だった。

しかし、目の前で倒れる清里の姿を見て、せめて彼女の無事だけでも確かめたかった。

清里は血まみれの手で首元を探っている。重音よりも傷は浅そうで、安心する。

重音は清里に手を伸ばす。

清里は……ペンダントを、大事そうに握っていた。

「きよ……さ、と……」

伸ばした手が、止まる。

気付いてしまった。彼は、必要とされていないことに。

彼女に必要なのは今の恋人なのだ。病院で目が覚めたときに抱きしめられたいのはもう、重音ではないのだ。

それが途方《とほう》もなく虚《むな》しかった。

自分があの瞬間、逃げたせい。

重音にそんな人間はいない。目覚めたときに涙を流して抱擁《ほうよう》をしてくれる人は。

なんだか、途端に体が重くなった。地面に落ちた手を映す眼が、ゆっくりと閉じていく。

眠たくて、眠たくて、昏《くら》い永遠のトンネルの中へと沈んでいく。

(……淋《さみ》しい人生だな……こんな最期《さいご》、嫌だな)

閑寂《かんじゃく》な闇の中で、一人思う。

もし、次の人生があったら。

街行く人々のように、どこかの本の中で眩《まばゆ》い光を放つ主人公のように、輝いてみたい。

満足の出来る人生を、誰かに必要とされる人生を歩んでみたい。

そのために努力して、後悔のないように生きてみたい。

そして、今生の最期に味わったこの思いをもうしないためにも、死に際に後悔のないように、誰かを好きになったのなら、思いっきりその誰かに愛を伝えたい。

逃げずに、その人に向き合い続けたい。

そう思いながら、そして清里の無事を祈りながら、中原重音の意識は暗いトンネルに沈む。

☆

頭上の光が、どんどん遠のいていく。

下にあるのは、暗闇だけだった。やがて彼は、その闇と同化して、消えていくのだろう。

遠のいていく。永遠に落ち続ける。全てが深淵に消えていく。

しかし、唐突に、彼の意識を照らす光があった。

彼という存在を、彼という意識が再び捕まえる。眼下に広がる純白の光に、体が急速に引き込まれていく。

(何だ……!?)

取り戻した体を再び巡る生の実感。永遠に思われた闇が払われ、溶けかけた重音という意思が確固たるものになり、さらに光の奥へと呑《の》み込まれる。

一面が光に呑まれ、そして彼の意識はさらにその先の色鮮やかな光景へと――

「――――いっっっっっっっっっっっっっっっっっってぇぇぇえええええぇぇぇぇえぇえぇえぇぇぇえええぇえええぇぇぇえぇぇえぇ！！！！！！！」

彼は自分の絶叫と共に暴力的なほどの多くの色を吸い込んだ。

だが、それよりも手前にある強烈な痛みに、彼は自分でも驚くほどの絶叫を上げてもんどりうつ。

「は、はひッ、は、は、い、いてぇぇぇ……!!　いってぇ!!」

想像を絶する痛みに涙が絶《た》えず出る。

痛みの元に手を当てると生ぬるくドロドロしたものがべっとりとこびりついてきた。見やった掌《てのひら》に赤が広がり重音はまた意識が飛びそうな思いだ。

体の傷はなぜか、胸元を鋭利かつ巨大な刃物で抉《えぐ》られている体《てい》を成している。

(俺、バスの事故で死んだんじゃ……？)

自分の声もどこか幼く聞こえる。

(どうでもいいどうでもいいどうでもいい痛い痛い痛い痛い痛い痛いいてぇよ!!)

そんな疑問よりも、全身で痛みを受け入れる重音。しかし、彼の周りがそれ以上の音を発し続けているのを段々と理解し始めると、痛みを忘れるほどに驚いた。

「あ、が、な……何だ、どうなっ、てる……！！？？」

彼が見ているのは、横浜の街だ。それも、派手に炎上している。

横浜には何度も足を運んだことはあるが、さっきまでいた場所とは違う。それに何故《なぜ》こんなにもあちこち燃えているのか。

重音は窓ガラスの飛び散った高層ビルに寄りかかって悶《もだ》えながら周囲を見渡す。街が揺れるたびに小さなガラスがパラパラと落ちてくる。

辺りは悲鳴に覆われ、彼の前を逃げ遅れたらしい老若男女《ろうにゃくなんにょ》が右往左往している。

観覧車も薙《な》ぎ倒《たお》されているではないか。

「…………はぇ？」

重音は人生で一番呆《ほう》けた声を出したことだろう。

彼の疑問に答えてやろうと言わんばかりに、真隣のビルの合間から巨大な白い化け物がヌッと姿を現してきたのだ。

全長は十メートルを優に超えている。六本の蟲《むし》のような足にヌメヌメとした細長い胴体がくっつき、もたげた上半身から不気味に伸びる腕の先は反り返った大鎌になっている。

目や鼻はなく、乱杭歯《らんぐいば》が並んだバカでかい口だけが顔面を我が物顔で支配していた。

足を蠢かす度に大鎌を地面に突き刺しバランスを取りながら進む。先ほどからの震動はこれか。

重音の常識を超越した存在に、最早《もはや》恐怖が湧き出る余裕すらなかった。

怪物は上半身をうねらせて、重音の前に顔面を持ってくる。

近い。その腕のような歯を見れば、噛《か》み付《つ》かれたら一瞬で体が細切《こまぎ》れになると分かる。

「う、うそ……じゃん」

——といっても、重音は目の前の怪物の既視感《きしかん》に囚《とら》われて、恐怖を感じる余裕もなかった。

怪物が血なまぐさい息を重音に吐きかけている間も、重音は身の内から湧き出る記憶と目の前の景色を摺《す》り合《あ》わせて、驚くことしかできない。

重音はこの怪物を知っている。現実にこの怪物が暴れているのを見たわけではない。

そう。目の前のこれは、彼が今よりも若かりし頃、興奮の内にめくった本の中にいた、空想上の怪物——

「『トウカツ』……？」

怪物が吠える。手に持った大鎌を振り上げる。

自分の傷が、あの大鎌が掠って出来たものだったのかと自覚する。

そんな刹那《せつな》に、事は起きた。

日頃遥《はる》か高くの雲で轟《とどろ》く青白い雷が、明らかな攻撃の意思を持って怪物の首元に炸裂《さくれつ》したのだ。怪物は甲高い女性のような悲鳴を上げて悶え、地面を揺らしながら斃《たお》れる。

重音が轟音《ごうおん》に耳を押さえている間に、一人の少女が怪物と重音の間に割って入る。

「あ」

言葉を、詰まらせた。

荒い息に合わせて、少女の背中で金色のツインテールが揺れている。

されどその立ち姿は勇ましく、気高く、その獅子《しし》の如《ごと》き闘気に呼応して、見慣れない青と白の和装の周りで青白い稲妻がチリチリと爆《は》ぜる。

その手には黒い刀身を携えた刀が握られ、もう片方の手は胸を必死に押さえているようだった。彼女の息の上がり方は、疲れというよりは、悶えに近い。

少女は一撃で葬った怪物の前で重音を振り返り、切れ長で勝ち気な青の瞳《ひとみ》に苦しみを宿しながら、重音を見つめた。

「早く、逃げなさい。死ぬわよ」

重音の胸が、ドクンと、鳴った。

彼女のことも、重音は知っていた。否《いな》、知っているというか、そんな次元ではない。

彼女の名前も、通っている高校も、好きな食べ物も、生年月日すら、設定資料集のページに折り目を付けたあの日から、忘れたことはない。

あれから重音は大人になってしまったが、決して届かない場所にいたこの少女に捧《ささ》げた青春時代が、記憶の深い底から、大量の熱を伴《ともな》って蘇《よみがえ》ってくる。

その華奢《きゃしゃ》な体つきも、金色の髪も、紺碧《こんぺき》の瞳も、正義だ情熱だなんて小恥《こっぱ》ずかしい言葉が似合う強気で真《ま》っ直《す》ぐな性格も、全てが全て、あの本の中で舞っていた彼女と同じ。

恋という残酷で無比な感情に、こんなに短い間隔《かんかく》で胸が苦しめられるとは。

何もかもぶちまけたくなるような大きな感情が喉《のど》に突っかかる息苦しさを他所《よそ》に、少女は新たに発生した轟音の元へと駆け出した。

その後ろ姿を追うにも、胸の傷が痛すぎる。立ち上がりかけた体が崩れ、重音は両手両膝をついた。

体の下に血の海が広がるが、興奮で痛みは遠のき、口元には笑み。

「すげぇ……うそだろ……こんなこと、あんのかよ……まじか……!!」

ここは、本の中。

宇宙の彼方より飛来した槍によって生み出された怪物と人類が鎬《しのぎ》を削《けず》る世界。

読《よ》み漁《あさ》った本やアニメで何度も見た、小説の中への異世界転生。オタクな彼の物分かりは早かった。

彼は、与えられたのだ。

どういう因果や理由があるのかは知らない。

だが、彼は確かに別の誰かとしてこの世界に転生した。

彼が中学から高校時代に憧れ、現実を空虚に思わせた最高のファンタジーの中へ！

そして、出会った。絶対に会話を交わすことのできなかったあの日の想い人。

興奮に、息が上がる。

（一体誰に転生したんだ……？　主人公⁉　もしかして、悪役か⁉　いや、サブキャラ？　いや、この際誰でもいいか‼　今度こそ、俺の人生が華やかになる予感が……）

真下に出来た血の海に、初心《うぶ》な少年の顔が映っている。

素朴《そぼく》な黒髪、瞳。その目には覇気がない。

「って！！！！！！！！！！　誰だコイツッッッッッッ！！！！？？？？」

重音は叫ぶ。

それは、輝かしき世界での、第二のモブ人生の始まりなのかもしれない。

第一章 このままでいられるか

『ふふっ。私にかかればこんなこと朝飯前よ！』

小さな胸を張って堂々としてみせる彼女。

『べ、別にアンタを待ってたわけじゃないんだから‼』

顔を真《ま》っ赤《か》にしてツインテールを逆立てる彼女。

『バカね。答えが出るまで一緒にいるに決まってるでしょ。ゆっくり考えなさいよ』

自分以外の誰かの元へ行こうとする背中を押してあげられる彼女。

優しく、強く、焔《ほのお》に似た強い心を持った彼女。

昔、世間知らずな小僧だった重音《かさね》は言った。この世界はクソだけど、彼女がいないことが一番のクソだ、と。

その恋は、燃えていた。空虚《くうきょ》な人生で、最も鮮やかな色を帯びていた。

……どうしようもないほどの熱が、込み上げてくる。

☆

『世界最強の大魔導士、現代ファンタジーに転生して無双する』

これはあらすじではない。タイトルだ。このカロリーマックスのタイトルだけでお腹いっぱいになる。

七年前から刊行している学園ファンタジーライトノベルの金字塔。アニメも第四期まで制作され、アニメオタクの中ではかなりの知名度を誇《ほこ》るが、一般の認知度はそこまで高くない。

現在では二十八巻まで刊行している。略称はセカゲンだったか。

大人になった重音には少しこってりしている作品だとは思うが、それでも中学時代はこの世界に大きく魅了されていた。

物語はタイトルの通り、元いた剣と魔法の世界で最強を誇っていた少年が、現代ファンタジーの世界に転生し、その力を以《も》って少年少女がうら若く煌《きら》めく学園でひたすらに無双するという物語だ。

強敵面《きょうてきづら》した悪役が小気味よく一瞬で薙《な》ぎ倒《たお》されたりするので、ストレス発散にはちょうどいい。

主人公の性格はやれやれ系で、戦いに疲れてこの世界ではスローライフに励《はげ》もうとしているようだが、周囲の美少女たちに巻き込まれる形で様々な事件に関わっていくハーレムもの。ヒロインたちは魅力的でどれも美麗なイラストで描かれている。

主人公に自分を重ねている内はいいが、大人になってそれを別の人格だと認識したとき、主人公の性格も、大した理由もなくモテる環境も、何故《なぜ》か度々《たびたび》起こる破廉恥《はれんち》なハプニングのイベントも全てひっくるめて、

「……イライラするぜ」

ヒロインたちが魅力的なだけあって、大抵こういう感想になる。

重音がベッドから重たい体をガバッと起こして言った言葉が、不機嫌そうなそれだった。

周囲の視線が一瞬にして重音に集まる。医者と話し込んでいた女性が、震える体でゆっくり重音に近づいてくる。

「蒼《あおい》ッ!!」

堰《せき》を切ったように女性が力強く重音に飛びついた。重音は起こした体を再び倒される。

女性ははらはらと泣きながら重音の頭を撫《な》でた。

（…………ああ、母親か）

あまりに久しぶりな感触に、理解が遅れる。

周りを囲んでいる人たちはきっと、転生先の少年の家族だろう。薄い青の瞳《ひとみ》をした父親らしき人も、厳《いか》めしいがその表情は緩んでいる。

「いやぁ。見事な快復ですね。正直搬送されてきたときは、亡くなった方が運ばれて来たのかと。生き返ったようにすら感じます」

父親が何度も頭を下げる。医者は医者にしては尖《とが》った冗談を交えつつ、感謝を受け止めた。

家族のいない重音が久しい母親の感触に目を細めていると、重音を真横からじっと見つめている存在に気付いた。

「……蒼、心配かけすぎ」

黒髪を短くまとめた美少女だ。前髪は右目を隠すように下ろされ、その瞳は母親と同じく真紅《しんく》に燃えている。ルビーに似て綺麗だ。

中学の制服に身を包み、まだ幼い印象を受けるが、整った鼻筋や細い唇《くちびる》、滑《すべ》らかな白い肌を見るに、将来は多くの目を惹《ひ》きつけることだろう。

妹だろうか？　重音のことを名前で呼んでいるのは思春期か？

「朱莉《あかり》もすごく心配してたのよ」

「……してないし」

朱莉と呼ばれた少女はそっぽを向いてしまう。

それから一時間ほどが経《た》って、友達や教師、塾の講師が見舞いに来たのだが。

重音が本の中で見たことのある顔は、一つもなかった。

窓に反射した黒髪と薄い青い目をした自分の姿……やはり、見覚えはない。

一体何の世界に転生したのかと思うほどに、彼の転生した小波蒼《さざなみ》という少年は世界の片隅にいるモブであった。

☆

入院生活を続けるうちに、重音……いや、小波蒼は、自分のこの世界の立ち位置を把握していった。

時は二一八三年。セカゲンの物語は主人公が高校に入学するところから始まるが、それが二一八五年のことなので、今は一巻の二年前であった。

彼の名前は小波蒼。どこにでもいる中学二年生で、この世界のどこかにいる主人公と同い年。

双子の妹、朱莉に、母と父の四人、東京の隅《すみ》っこで健《すこ》やかに暮らしている平穏な一家だ。

母親は専業主婦、意外なことに父親は『ＦＮＤ《フォンド》』の職員であった。

『ＦＮＤ』……略さずに言うとForefront of National Defense……だっただろうか。

奥多摩《おくたま》に落下したイヴェルシャスカの槍の発する『死素《ゴブル》』より生み出される怪物、『トウカツ』から国家を防衛するために用意された戦士たちの組織だ。

世界観との関わりがギリギリあるのは不幸中の幸いか。とはいえ、その息子である蒼が抜群《ばつぐん》の戦闘センスを持っているかと言えばそんなことはない。

むしろ、諸事情でその逆のようだった。

見事なまでのモブ人生であったが、何の努力もなしに輝けるものになることを期待した自分を恥じた蒼には、丁度いい立ち位置かもしれない。

何でもない少年が転生し強い力を手に入れて好き勝手しようなど、蒼の嫌いなタイプのキャラクターと同じである。

「お父さん」

家族全員が見舞いに来た退院直前の某日、蒼は神妙な面持ちで言った。全員がぎょっとした様子で蒼を見る。

蒼は全員を見渡し、それからそっと探るように言い直した。

「あ、いや……と……父さん……?」

全員が安心したように息を吐く。

いきなり他人になるのは思ったより大変だ。ショックで部分部分の記憶を失った設定にしているが……。咳払《せきばら》いして、仕切り直す。

「父さん。俺……聖雪《せいせつ》に行きたい」

父親が顔をしかめる。

母親が不安そうな顔で二人の間で視線を泳がした。

「本気で言ってるの？　普通の高校に行くって話をしたよね？」

朱莉が椅子に腰かけて父親と同じ表情だ。さすが親子、よく似ている。

父親は何を口にすべきか逡巡《しゅんじゅん》しつつ、ゆっくりと言葉を紡《つむ》いだ。

「言いづらいことだが……FNDの仕事は、いつ仲間が死ぬかもわからない過酷な世界だ。理《り》不尽《ふじん》な話だが……その仕事に、向いている、向いていないがある。分かるな？」

蒼は、それでもと食いつかんばかりに強く頷《うなず》いた。

家族が渋い顔をするのは無理もない。全ては、『煌神具《コスモギア》』というこの世界の戦闘道具の設定のせいなのだ。

この世界は、前にいた世界以上に才能なき者に厳しい。与えられたものに光が当たるようになっている。

『煌神具』とは、『聖素《カナン》』を内包した鍵の形の起動装置を腕時計型の機械に差し込むことで超常の力を呼び起こす装置である。

一口に『聖素』と言っても、それらは性質上大きく五つに分けられている。

『雷火《Lightning》』、『血風《Wind》』、『煌炎《Flame》』、『水穿《Water》』、『氷止《Freeze》』……これが基本的な種類になる。

しかし、これを一人の人間が全て使えるわけではない。それぞれ人間には適性があり、『雷火』が使えても『煌炎』が使えないものや、『煌炎』が使えても『血風』が使えないものなど様々だ。

さて、『聖素』は五つの種類を持つが、それは基本の話。そこから派生した亜種の『聖素』

というものが多く存在している。亜種は適合できる人間が少なく、その種類は目が眩《くら》むほど多いが、亜種『聖素』に対する適性は一種類につき一人いるかいないか。

そして、最大の問題がここにある。

亜種の『聖素』で作られた『煌神具』は、通常の『聖素』で作られたそれと比較すると、得られる力が極端に強いのだ。

つまり、亜種の適性を持たない人間は、力で大きく後《おく》れを取ることになる。

中学までの義務教育に『煌神具』を使った授業が取り入れられているが、適性審査を経《へ》て、亜種の適性がないと決まってしまった人間の多くはＦＮＤ養成学校という夢の舞台への進学を大抵諦めることになる。

『外れ者《ガフ》』なんていう差別用語があるくらいに、その差は顕著《けんちょ》である。

蒼は、その『外れ者』であった。

そして、彼が口にした聖雪高等学校とは、ＦＮＤ養成学校の中でも最高峰の実力者のみが集う学校……易々《やすやす》と門扉《もんぴ》を潜《くぐ》れる場所ではない。

それでも、彼はそこに行きたかった。

「俺は、どうしても聖雪に行きたいんだ」

「無理だよ！」

朱莉が苛立《いらだ》ちながら声を上げた。

「あそこは最高峰の戦闘訓練をしてるところ‼　私だってようやくC判定を貰えたのに、亜種『煌神具』の使えない蒼に行けるわけないじゃん‼　努力だって全然してないくせに！」

「朱莉、そんな言い方‼」

母親が朱莉を制する。思春期の妹は、ふんすと不機嫌そうだ。口ぶりから察するに、朱莉は亜種の『煌神具』を使えるのだろう。珍しい。

目を覚ます前に大学三年生だった蒼には反抗的な妹など可愛《かわい》いもので、大丈夫と母親を宥《なだ》めてからまた父親を見上げた。

「でも、俺みたいな境遇でも、聖雪で頑張ってる人も、父さんの職場でちゃんと働いている人もたくさんいる。そうだよね？」

「それは……まぁ、そうだが」

ありえない。朱莉は不機嫌そうにそう吐き捨ててから腕を組んだ。

父親はまだまだ渋い顔だ。そんな父親に挑むように、蒼は強い口調で言う。

「だったら父さん。一年間、時間をくれないか」

「……？」

「一年後、俺が父さんに勝ったら、聖雪を目指すことを許してほしい。ダメだったら、大人しく聖雪に行くことを諦める」

まぁ、と。母親が、口元に手を当てて驚いていた。

☆

どうやら、妹の朱莉はＦＮＤ職員の父親のことを心底誇りに思っているようだった。

お父さんをバカにするな、と思いっきり引っぱたかれた頰《ほお》を摩《さす》りながら、蒼は病院の屋上の手すりに寄りかかっていた。

朱莉は顔を真っ赤にして舐《な》めたことをぬかした蒼に食って掛かっていた。

思春期真っただ中、ただでさえ同い年の兄と同じ中学で色々気まずい思いをして兄が嫌いになっていただろうに、あんなことを言えば引っぱたかれて当然だろうか。

とはいえ、父親の方は苦笑いを浮かべつつも蒼の提案を呑《の》んでくれた。

高いハードルを立てた、と自分でも思う。

ＦＮＤ職員の父親を超えるということは、すなわち、聖雪に入学するどころか卒業するに足る実力を身につけるという意味でもある。

だが、それでいい。彼には力が要る。

「待ってろよ、聖雪」

聖雪高等学校という身《み》の丈《たけ》に合わない高校を志望した理由。

それはもちろん、二年後、そこに彼女がやってくるからだ。蒼が何度も手を伸ばし、その度《たび》に阻《はば》まれた紙の奥にいた、金色の少女。

そんな彼女と、言葉を交わすチャンスが与えられたのだ。

今いる場所がどれだけ彼女と離れていても構わない。同じ空の下にいるのだから。

そんな奇跡を無下にしてのうのうと生きてたまるか。あんな思いはもう、したくない。

「……今度こそ」

後悔のないように、生きるんだ。

「よし!!　強くなってやるぞー!!」

蒼は、異世界の空に、決意を持って吠えた。

第二章　花開くまでの二年

退院してから、一週間。

結論から言う。蒼《あおい》は滅茶苦茶弱かった。

戦闘訓練では、クラスの不良に完膚《かんぷ》なきまでにぼこぼこにされた。

『煌神具《コスモギア》』は、使用者の運動能力に性能が大きく左右される。

つまり、普段から運動したり喧嘩《けんか》したりしている彼らは必然的に強く、学校でも注目を浴びるのだ。ついでにモテる。

蒼は周りが必修として取り組んでいる戦闘経験など皆無《かいむ》だった。才能の差もあって、出だしは悲惨《ひさん》の一言である。

「なるほどね」

ぼこぼこにされた体で教室の机に突《つ》っ伏《ぷ》しながら、蒼は久しぶりの陰《いん》の空気を味わい、負《ま》け惜《お》しみの一言を吐いた。

やはり、この世界でも教室には明るいところと暗いところがある。

この小波蒼《ささなみ》という人物も、どこかの大学生と同じ人生を歩んでいきそうな空気だ。

だが、腐らない、諦めない。脳裏に彼女のことを思い浮かべながら、別の道を見上げる。

「お疲れさん」

「これからカラオケ行かへん？」

アニメの世界に入ったからだろうか、以前いた世界に比べて、友人たちの顔面偏差値は異常に高い。そしてそれでも地味な顔認定であった。

ついでに言うと、アニメではどんなモブでも喋《しゃべ》るときは声優が声を当てていた名残《なごり》か、声もいい。蒼自身も、自分に酔《よ》いたくなる程度に声も顔も整っている。

彼らとカラオケに行ったらさぞ耳が幸せだろうと思いつつ、

「悪い、用事あるんだ」

と蒼は足早に教室を去った。

「何や、つれないなぁ」

友人の落胆《らくたん》の声を背負いながら、急いで自宅へと帰る。

強さを手に入れるにはまず、基礎の基礎から。彼に足りないのは全て。

先立つものは体力と筋力の獲得からだ。

つまり、

「…………ふっ、くうう……!!」

ひたすらに、筋力トレーニングだ。アニメやドラマで色んな人間の血と汗の滲《にじ》む努力を見てきたが、それは蒼が想像していた以上の苦行だった。

「うえぇぇぇぇぇぇぇぇぇぇぇ、しんどいよぉぉぉぉおおおぉぉぉぉぉ…………………くっそぉぉぉおお……！！！！！！！！！」

二時間。頑張った方ではあるが、たったの二時間でこれであった。逃げようとする弱い心を必死に立ち上がらせるのが、本当にしんどかった。

部活も何もやってこなかった蒼には、根性は備《そな》わっていない。叱咤《しった》する人間もおらず、出口の見えない目標に向けて自分で自分を奮い立たせるのは、苦痛でしかない。

それでも、一度人生を虚《むな》しく終わらせた後悔は、根性の代わりになった。

腕や腹が震えて言うことを聞かなくなってから、蒼はランニングを始める。

ふらふらになるまで走った。酸欠で視界がぼやぼやした。

家に帰ると、父親が激務を終えて帰って来たところだった。

「と、父さん……よかった……訓練に付き合ってくれないか！」

父親は蒼を上から下までまじまじと見つめると、怪訝《けげん》な顔をする。

「張り切るのはいいが、オーバーワークは体に毒だぞ」

「頼むよ!!」

蒼が焦点《しょうてん》の定まらない目で頼み込むと、父親は渋々承諾する。

かくして戦闘訓練が家の庭で行われることになったのだが。

「母さん!!　母さん!!　蒼が倒れたぞ！」

「ええッ!?」

「何やってるのバカ蒼!!」

拳を構えて一歩踏み出した瞬間、蒼は派手に気絶した。

それが彼の修行一日目だった。

☆

「うおおおおおおおおおおおおやりたくねえよおおおぉぉおぉぉお!!!!!!」

二日目。辛さを知ってからが、いよいよしんどいのだ。

張り切った気持ちはより大きくなった逃げたい気持ちに踏みつぶされる。

それでも、筋肉痛で出来損《できそこ》ないのロボットのようになった体を蒼は酷使《こくし》した。学校では寝っぱなしだったが、元々大学生の知識レベルはあるので、何も困らないだろうと思った。学校を休むこともあった。

蒼は物語に追いつかなければならなかった。

普通の成長では足りない。他の誰よりも早く、ずっと早く育たなければならないのだ。

聖雪《せいせつ》の門扉《もんぴ》は遠い。

物語では一時間後などと言って時間を飛ばせるが、実際はその一秒一秒で、地獄のような味を舐《な》めさせられる。

「母さん!! 蒼がまた倒れた！」

「ええッ!?」

「何してんの……」

結局、二日目も父親の前で抵抗むなしく倒れた。

☆

三日目は土曜日だった。

逃げる気持ちは限界まで膨《ふく》らんでいた。昼ご飯を食べているときも口の中に鉄の味が充満しているような気がした。

「蒼、今日はお父さんも休みだし、どこかにご飯食べに行こうか？」

母の誘いを断るのは、四肢を引き裂かれる思いだった。垂《た》れ下《さ》がる誘惑は、今までで一番強く蒼に絡み付いてきた。

「母さん！ 蒼が倒れてるぞ!!」

「ええッ⁉」

「…………」

外食から三人が帰って来たところ、廊下で死体の如《ごと》く転がっている蒼が発見された。

☆

「母さん、蒼が倒れた」

「まぁ……早く部屋で寝かせてあげましょう」

「お母さん、今日の夜ご飯なに？」

最早蒼が倒れることに母親が動揺しなくなったのは、一週間が過ぎてからだ。

この頃には、父親に拳を三発放ってから倒れるようになっていた。

クラスの不良には、まだ全然勝てなかった。

☆

二週間目。

武術の方の研究もしなければならなかった。父親は一つの目標であり良き師であった。

この頃には父親の講義に十分間は気絶しないでいられるようになった。

一か月。

とある深夜である。過酷に過ぎる訓練を一か月続けた蒼は、自身の腕の筋肉に触れて、ふと、自分が歩んだ努力を思い、ボロボロに泣いた。

だが、彼は立ち止まってはいけない。

努力はまだ折り返しにすら程遠い。いや、果てなどないか。

二か月。

この世界には、ボクシングジムのように『煌神具』を使った訓練所が多く設置されていた。

蒼は猛者《もさ》ぞろいと噂《うわさ》の訓練所をいくつも掛け持ちした。大人はべらぼうに強く、相手にならなかった。

何度も床を舐め、敗北を味わった。トレーニングは相変わらず涙が出るほど辛かった。

必死に努力する蒼を大人たちが快活に笑いながらサポートしてくれるのが、新鮮で嬉しかった。

三か月。

「そこまでッ!!」

教師の凜《りん》とした声が校舎に横付けされた小さな闘技場に響く。すり鉢状《ばちじょう》の観客席に座っていたクラスの生徒たちがざわざわとどよめいた。

蒼の前には、いつも彼を嘲笑《あざわら》う不良が倒れていた。

接戦だった。

まだだ。まだまだ足りない。

まだ聖雪は見えない。あの金色の髪が見えない。

彼女はまだ、蒼の遥《はる》か先を走っている。

四か月。

随分と、一日が長い日々が続いた。未《いま》だに、トレーニングのときは嫌だ嫌だと喚《わめ》いていたが、
朱莉《あかり》曰《いわ》く、少しは静かになったらしい。

「いやぁ、やるなぁ蒼」

関西から上京してきた蒼の友人、風間霧矢《かざまきりや》がいつも通り教室で眠りこける蒼の背中をバンバンと叩く。

蒼を囲むように友人たちが立っていた。まだ小学生時代の甘酸《あまず》っぱさを残す彼らの陽気な雰《ふん》囲気《いき》はなんだか小鳥のようで可愛《かわい》らしい。

「二回も負けたらアイツ、少しは大人しくなるかなぁ？　めっちゃデカい顔してたからなぁ」

アイツとは、蒼が打ちのめした不良のことだろう。霧矢は明るく笑う、いい笑顔だ。

「あの怪我《けが》をして以来、何か人が変わったみたいだよね、小波。私たちに隠れて訓練なんかし

ちゃってさ」

そう核心を突いてきたのは、女友達の、火威利那《ひおどしせつな》だ。

茶髪のショートボブに、名字に反してエメラルドのように澄《す》んだ緑の瞳。赤い縁《ふち》の眼鏡がよく似合っている。

このモデルのような見た目をしていて地味なオタクなどという周囲の謎の評価に首を傾《かし》げざるを得ない。

蒼は、苦笑いをして言う。

「俺、聖雪に行こうと思ってさ。今からやってかないと」

「マジ!?」「すげぇ……いや……でも、そうだな。今の小波ならいけるなぁ」「俺なんかセンスないからもう普通の高校一択よ」「何で急に?」

周囲の友人が嬉々とした声を上げる。そんな中、利那だけは不安そうな面持ちだ。

「大丈夫？　そのために無理してるんじゃない?」

蒼は大丈夫と笑顔で言った。カラオケの誘いは、残念だが断った。

☆

半年。紅葉《もみじ》を楽しむ暇《ひま》はなかった。

前世で受験期の夏休み前になると、教師が「皆がやらないときこそ勉強するんだ」と口酸っぱく言っていたのを思い出す。

蒼はそうした。

誰かが寝ているとき、誰かがテレビを見ているとき、誰かが友達と遊びに出かけているとき、誰かが恋人と手を重ねているとき……誰かが、ヒロインと仲を深めているときも、全てを訓練に費《つい》やした。

手は豆だらけ、体はいつも震え、登下校の際に倒れることも幾度《いくど》か。

ひ弱な根性の蒼が、ここまで毎日自分の体を酷使《こくし》し続けられるとは、自分でも信じられなかった。

未だに、ふとしたときに号泣してしまうし、深夜まで続き早朝から始まる訓練に、吐きそうにもなる。

だが、何事をも吸収する若人《わこうど》の体は、飛躍的にその力を強くしていく。

八か月。

珍しく東京に雪が降った日も、彼は中庭で息を荒らげていた。

「蒼、今度『煌神具』戦闘の地区大会に出るってお母さんが言ってたけど、ほんと？」

「ああ。自分の実力を知らないとな。今からでも緊張するよ」

「ふーん。まぁ、頑張ってね」

朱莉が軒下で見守りながら素っ気《そっけ》ないエールを送る。最初はキツイ当たりだった朱莉も、少しは蒼を認めてくれるようになったのがこの頃だった。

地区大会、準決勝で敗北。亜種の力を駆る相手の少年は強かった。

何度も味わってきた敗北の味だが、今回は格別に不味《まず》い敗北だった。それは、度重なる酷使で心と体が強くなってきた蒼に更なる修行を与えるきっかけになる。

このままでは、父親に勝てない。それどころか、その先の場所までは到底行けない。

訓練の量だけではない、質も限界まで純度の高いものを欲した。

誰よりも早く、もっと強くなれ。

誰かの努力よりも何倍も体を使えと日々咽《むせ》びながら。

「くっそぉぉぉぉぉぉぉおおおおお……！！！」

……そして、一年が、振り返ってみればあっという間で、凄《すさ》まじい濃度で過ぎていった。

「嘘《うそ》……ほんとに……」

ジムの片隅で、朱莉が息を呑《の》んでいる。観客の大人たちがおおと感嘆《かんたん》の声を上げる。

「参った。これは……参ったな……いやぁ、参った」

父親が珍しく厳《いか》めしい表情を嬉しそうに歪《ゆが》めながら胡坐《あぐら》をかき、両手を上げる。

母親のぱちぱちというはしゃいだ拍手の音が一際よく聞こえた。

「すごい、すごいよ、蒼！」

朱莉が跳ねながら蒼に駆け寄ってくる。

約束通り、蒼は父親を打ち倒し、聖雪への受験を許されることになったのだ。

〝圧勝だった〟

聖雪の門は目の前。華やかな物語が見える。

だが、まだ足りない。

☆

「ねぇねぇ蒼」

一年半が経《た》った。

中庭で木刀を素振《すぶ》りしている蒼に、朱莉が声を掛けた。

「何でまだ訓練してるの？」

「えー……まだ、昼前だし？」

「そうじゃなくて。だって、もう努力しなくても蒼なら聖雪に余裕で入れるでしょ？　それどころか、もう卒業したっていいレベルだよ。どうしてそこまで強くならないといけないの？」

蒼は木刀の切っ先を地面に添《そ》え、朱莉を見た。

思春期を終えたのか、トゲのない澄んだ視線だった。

「というか、何でそこまでして聖雪に入りたいの？　私は、お父さんに憧れたからだけど」

「俺は朱莉ほど純粋な理由じゃないよ。どっちかっていうと、不純な方かもしれない。……俺さ、好きな人がいるんだ。その人が聖雪に行くから、俺も行きたい。このままじゃ、何の関わりもないまま終わるからな」

日々の訓練を経て、少し自分の性格が変わったように思える。

恥ずかしげもなくそんなことを言ったのが自分でも意外だった。朱莉が、興味なさげに「ふーん」と空を見る。

「ほら、滅茶苦茶不純だろ？　引いたか？」

「ちょっとね」

「はは、でも、俺はそれでいいんだ。今度こそ後悔のないように生きるって、決めたから。好きって伝えたいんだよ」

見上げた空は、どことなく鮮やかだった。

「もう、自分なんかがって腐ったり、奥手になって逃げたり諦めたくない。人生は一度しかないんだ」

「冗談。一途《いちず》なの、嫌いじゃないよ私。でもそれだけでそんなに努力できるもの？　さっきも言ったけど、その好きな人に会うためだったらもう十分じゃん。私だって受験だから精一杯努力してるつもりだけど、蒼には全然及《およ》ばない」

朱莉は首を傾げる。蒼は少しだけ酸素の欠乏《けつぼう》した脳で思考し、強《し》いて言うなら、と付け足した。

「俺は、この世界の主人公が助けられなかったものを、放ってはおけない」

朱莉はよく分からない、とさらに首を傾げる。

強く、誰よりも強くならないといけない。あの大魔導士ですら届かないところへ。

☆

聖雪にはもう手が届く。されど蒼はその先の高みを求めて立ち止まらなかった。

幾多《いくた》もの強者に負け、幾多もの強者を越え続けた。

しかし、

『年に一度の戦いの祭典、「コスモギア《C》ジャパン《J》カップ《C》」準々決勝!! 勝者は早乙女《さおとめ》ラウル!! さすがＦＮＤ《フォンド》最高戦力の高みを独占し続ける「廉潔《れんけつ》の覇王」、早乙女家の血筋! いや、そんな賞賛にすら満足がいっていないとでも言わんばかりの圧巻の強さ!! さすが聖雪のエースです!!』

『対戦相手の小波蒼くん……ですか。彼も中学三年という若さながら早乙女くん相手に善戦しましたね。亜種「煌神具」ではないというのに、目を瞠《みは》るものがあります』

めた。

「……君、『外れ者《ガフ》』の割にはやるね。それでよくここまで来れたと褒めてあげたいところだけど、裏を返せばもう伸びしろがないってことかな」

頭打ち。そんな言葉が過《よぎ》った。

対戦相手の金髪の少年が蒼を嘲笑《あざわら》う。亜種の『煌神具』を使えない蒼の力に、天井が見え始

「くっっっっ……そぉおおぉぉおおぉおおぉおッ！！！！！！！！！」

負け犬として、空に吠える。歓声は勝者の少年に注《そそ》がれ、蒼の声を掻《か》き消《け》した。

まだまだ、強さが足りなかった。

悔しい。彼が欲しいのは『亜種の力が使えない割には強い』という評価などではない。

伸び悩む蒼。鍛《きた》えても鍛えても、上には上がいた。

しかし、あるとき、彼は一つ思い出した。

ベッドの中で眠りに落ちる直前の微睡《まどろ》みに、彼は熱心に読《よ》み漁《あさ》った物語を反芻《はんすう》し、決意する。

そして、彼は、奥多摩《おくたま》へと向かった。外法《げほう》であれ、力がそこにある。

☆

一年と九か月が経った、二月。

蒼は朱莉と並んで、両親に聖雪高等学校の合格通知を見せる。

母親は号泣し、

「あなたたちは私の誇りよ!!」

と、二人をまとめて抱きしめた。

父親は相変わらず表情の硬い人であったが、何度も頷《うなず》き、口元には小さな笑みがあった。

寒い風が通り過ぎ、春の温もりを運んで来ようとしている。

じきに、四月がやって来る。出会いの季節が、やって来る。

「蒼、準備はできてる?」

「ばっちりだ」

彼は、指抜きグローブで覆われた右手を強く握り締めた。

あのとき青春を捧《ささ》げた物語が、花開く。

第二章『花開くまでの二年』

第三章 ついに、華やぐ物語の中へ

四月。

まだ寒さの残る清涼《せいりょう》な風が、電車の外で忙《せわ》しなく羽ばたいている。

外の景色に灰色が増える度、乗り降りする通勤の会社員の姿が増える。

向かうは奥多摩《おくたま》。奥多摩と言えば自然豊かなイメージだが、この世界ではイヴェルシャスカの槍が奥多摩に落ちて以降、そのクレーターの中で瞬《また》く間《ま》に都市開発が進み、今や日本随一《ずいいち》の要塞都市と化している。

『トウカツ』の襲撃も多く物騒な場所であるが、今や渋谷や新宿を優に超す大都会だ。

「いやぁ。緊張するなぁ」

ボックス席の向かいに腰かける風間霧矢《かざまきりや》。その隣にはそわそわして携帯の通知を確認しては閉じを繰り返している火威《ひおどし》刹那《せつな》。

何と二人も聖雪《せいせつ》の灰色のブレザーを着ている。下は青で統一され、清涼感のある色味だ。

「両親が熱く勧めるから聖雪にしたけど……はぁ、やっていけるかな……」

刹那が不安そうにため息を吐《つ》く。

刹那と霧矢は、適応した亜種『煌神具《コスモギア》』の性能が高い故《ゆえ》、スカウトされたとのこと。

そういう例があることは原作の地の文で読んで知っていたが、今になれば聖雪に受かるだけの才能を持っていることがどれだけ恵まれているか分かる。最難関高校に推薦とは。

とはいえ、そういう人間は日頃から訓練していないのも相まって、あまりに厳しい訓練に中退する者が非常に多いらしい。そういう境遇のものがただ卒業するだけでもドキュメンタリー番組の恰好《かっこう》の餌《えさ》だとか。

ちなみに、他のオタク仲間は、適性を持ち合わせていなかったり努力しても届かなかったりと、皆普通科の高校に行ってしまった。

「聖雪の訓練はおっかないって聞いたなぁ。お前、ついていけるん？」

「何さ余裕ぶっちゃって！　自分だってさっきから貧乏ゆすりしてんじゃん！」

目の前の二人が切羽詰《せっぱつ》まって言い合っているのをよそ目に、蒼《あおい》の隣にいる朱莉《あかり》は静かな真紅《しんく》の目で窓の外を眺《なが》めている。その秀美な横顔を見ていると、本当に両親からいいところだけを貰ったなと思う。

朱莉は同じ中学でも属するグループが全く違うため、向かいの二人とはこれが初対面だ。

「蒼、緊張してるの？」

朱莉は窓の外を見たまま問う。

蒼はと言えば、体を前のめりにして組んだ両手を何度も握り直している。

さっきから胸の鼓動が電車のアナウンスよりハッキリ聞こえる。

ようやくだ。

輝かしき少年少女たちが華やぐ物語の舞台に、あと数十分で着いてしまう。二年前からひたすらに目指してきた場所であり、なおかつ昔からずっと憧れていた場所。

そして、あの、彼女がいるところだ。大きな緊張と期待に、体が強張《こわば》る。

大木が背中に生えてしまったかのように体が重い。思考は高速で巡るが、速すぎて焼き切れ、途切れ途切れだ。

「おいおい。ＣＪＣベスト8が今更何をそんなに怖がることがあるん？」

「そうだよ。小波《さざなみ》がシャンとしてくれないと私たちもっと不安だよ」

小波という言葉に朱莉も反応し、刹那があそっかと訂正する。

そんな他愛のない会話も愛らしいが、今はそれを楽しむ余裕がない。

「いや……俺のはただの、恋煩《こいわずら》いみたいなもんだ」

そのせいか、普通に口を滑《すべ》らせた。リアルの色恋沙汰にはあまり縁のない向かいの二人は、
それを聞いて複雑そうな顔。

「なにそれ、初耳だけど？」

「お前特訓一筋じゃなかったんか？　ていうかなんでこのタイミングで恋煩い？」

「何か、昔から好きだった人が聖雪に来るんだって」

朱莉が遠慮なく二人に暴露する。その目はどこかむくれているように見えた。

アニメにしか興味がないらしい霧矢はちょっと照れ気味に顔を逸《そ》らしているが、刹那はちょっと興味がありそうだ。

「どんな人なの？　知り合い？」

「一回しか会ったことない。一方的に読んだりしたことはめっちゃある」

「？　ＳＮＳでフォローしてる人？」

「そんなところ。会話に関してはしたこともない」

「……もしかして、その人のことストーカーしてる？」

「断じて違う」

まさか本で読んでて好きだった人ですとは言えない。刹那が不審《ふしん》な瞳《ひとみ》で蒼を見つめると、霧矢が「分かった！」と声を上げる。

「ズバリ、鳳城《ほうじょう》セナやろ」

「……ああ～」

全然違うが、知っている名前が出たのでこのようなリアクションになった。

鳳城セナ。今をときめく六人組アイドルグループのリーダーで、この世界のアイドル界で右に出るものはいない。

普段はふわふわしているが、クールな曲調の多いこのグループで見せる艶美《えんび》な表情のギャップに射貫《いぬ》かれた人は多い。朱莉もテレビに彼女たちが出るときはよく食いついて見ている。

そして、蒼が知っているということは、鳳城セナは無論、この物語のヒロインの一人であるということだ。

こんなハイスペックの少女が主人公の幼馴染である。

そして入学の時点で主人公にベタ惚《ぼ》れ。その揺るがぬ恋情を知っているだけに彼女に恋する少年たちが不憫《ふびん》でならない。

ちなみに、この六人組のアイドルグループは後に全員顔出しがあるが、大抵主人公のことを無条件で好いているのもイライラポイントだ。

「それは霧矢の好きな人でしょ」

「俺は現実のアイドルには興味ないし」

「どうだかね〜。CD全部買ってるの知ってるんだから。もしかして、聖雪に行くのもそのためかな？」

「ぅぐ」

やられたと眉をぴくぴく動かす霧矢と、してやったりな利那。

あの物語の周りで街行く人々がこんな他愛のない会話をずっと交わしていたと思うと、何だか愛おしく、感慨深かった。

『間もなく、国立聖雪高等学校前。国立――』

深い呼吸をし、胸に手を当てる。

始まる。

最高峰の戦闘訓練学校で、少年少女たちの情熱と青春に満ちた戦いが。

蒼も、この輝かしい舞台の中に飛び込んで、踊るのだ。

「……ようやく、ここまで来たのか」

☆

駅で降り、繁華街を越えた先にある桜並木の一本道。

その先の学び舎《まなや》に向かう若人《わこうど》たちの顔は凛々《りり》しく、将来国防を担うものたちの決意が窺《うかが》える。

新入生はそこに不安と緊張の面持ちも加わるので、見ればすぐに分かった。

桜舞う風の奥に、何度もアニメで見た大きな建物がある。

「すげぇ。本物だ……」

五つの闘技場に多くの教室や食堂を備えた日本最高峰の高校は、やはりその見た目からして生徒たちの士気を高めてくれるのだろう。隣を歩く朱莉の目にも凛《りん》としたやる気の力が籠《こも》っている。

第三章『ついに、華やぐ物語の中へ』

緊張でいよいよ足が重たい。物語の中に入り込むのは、誰に見られるでもないのに落ち着かないものだった。

開いた門の中に一歩踏み込む。目の前には大きな広場だ。

真ん中には大きな噴水。十字に広がる舗装された広い道にはベンチが多く添えられ、早めに来てしまい時間を持《も》て余《あま》している新入生や、団らんに耽《ふけ》る上級生など様々な姿が見える。

早めに来ている上級生の中には、今年度に多く入学する著名な新入生目当ての人間も多いだろう。今年は間違いなく粒ぞろいだ。

運よく空《あ》いていたベンチに四人で腰かけ、時間が来るのを待つ。

周りを見渡せば、どこかで見たことのある顔ばかり。いてもたってもいられない気持ちに振り回されながら辺りをキョロキョロと見回した。

早速、辺りが色めき立つ。周囲の視線に引っ張られるまま、蒼は校門の方を見た。

「わぁ〜、すっごい綺麗……」

刹那が両手を口元に軽く当てながら、感嘆の声を上げている。

いきなり来たなと思いつつも、蒼もその溢《あふ》れんばかりのオーラから目が離せなかった。

宝石をちりばめたかのような輝かしい銀色の髪。髪一本一本が繊細《せんさい》に輝きを放っている。

上品にハーフアップに結《ゆ》わえた髪に相応《ふさわ》しく、芯の通った凛々しい深紅《しんく》の瞳。

カバンを両手で持ってまっすぐ歩くその高貴な姿に、名門の生徒でありながら完全にモブと化した周囲の視線は釘付けだ。

とても同じ制服を着ているとは思えないほどに、彼女は唯一無二の眩《まばゆ》い雰囲気《ふんいき》を放っていた。

経験はないが、街中で芸能人を見かけたらこんな感じなのだろう。

ただでさえ顔面偏差値の高いこの世界で他を寄せ付けない圧倒的に精緻《せいち》で美麗な顔立ち。

一際大きく輝くその少女のためにこの世界があると言ってもいいほどの、物語に愛された少女。

白峰琴音《しらみねことね》……この物語のメインヒロインだ。性格は誰にでも優しく上品だが、主人公には訳あって突っかかる。そのギャップもまた魅力的だ。

ちなみに滅茶苦茶強い。

彼女のことも普通に好いていた蒼も、感動で彼女から目が離せなかった。

「あの子って確か、二年前のＣＪＣで優勝した子だよね？」

「白峰琴音や……ニュースでやってたなぁ。生で見てもめっちゃべっぴんさんやわ」

そんな会話をしている間にも、新入生上級生問わず勇敢《ゆうかん》な少年たちが彼女に話しかける姿があった。その異常なまでの注目具合に、女子からの嫉妬《しっと》の視線も痛そうだ。

蒼を含めた四人には思いっきり影が差していた。眩《まぶ》しい。

ふふふと優雅に笑って男子をいなす姿は、それだけでファンを増やすに違いない。

「あの人が綺麗なのは分かるけど、蒼、見すぎ」

朱莉が脇腹を小突《こづ》いてくる。その目は兄の体《てい》たらくを見ていつもの如《ごと》く不機嫌そうだ。

鼻の下でも伸びていただろうか。

そこで、今度は先ほど以上の声が上がった。最早《もはや》、ざわつくというより歓声に近い。

霧矢からもおそらく無意識で声が漏れている。

蒼の心臓が高く、鈍く、力強く、脈打った。

（……ついに、来たか。このときが）

いよいよ体が重たすぎる。それでも、隠せない感動と嬉々とした感情が、校門をくぐった三人組の一人に向いた。

仲のいい幼馴染三人組。その内の一人は、件《くだん》の鳳城セナだった。

滑らかな茶髪だが、毛先は赤い。瞳は大きく愛嬌《あいきょう》たっぷりで、あちこちのアクセサリーは彼女に身につけられて喜んでいるかのようだ。

まさに名が体を表している、鳳凰のように煌《きら》びやかで鮮やかな少女であった。

上がる歓声に元気よく両手で手を振り、時に投げキッスをしたりピースをしたりウィンクをしたりと、ファンサービスを怠《おこた》らない。

その度に黄色い声が上がる。

殿上人《てんじょうびと》が同じ空間に降りてきたことで、妬《ねた》み僻《ひが》みの感情も三割増しだが。

そして真ん中には主人公の如月《きさらぎ》ハヤト。いかにもライトノベルの主人公にいそうな名前だ。

何だか、鏡越しの自分を見ているようで、その実は全くの他人。

十二年前、幼児化してこの異世界にやって来た少年。

『煌神具』とは全く別の体系を持った魔法を駆る彼は、隣で歓声を集めるセナに、やれやれと気苦労の多そうな表情だ。

幼いころからずっと一緒に居続けた故の気苦労もあろうが、それは全国の少年たち、そして異界の読者たちの願い望んだことである。

その思いは、セナの隣にいるハヤトへ向けられる尋常ならざる男子からのどす黒い感情を見れば明らかだ。霧矢も穏やかならざる顔をしている。

「ハヤトハヤト～。楽しみだねぇ～」

「そうだな。楽しみだから少し離れてくれはしないか」

「そうよ。公衆の面前で、ちょっと近すぎるんじゃない。アイドルなんでしょう」

「なになに？　ルイルイ、嫉妬？」

「んなッ!?　何で私がこんな奴のことで嫉妬しなきゃいけないのよ!!」

「ちょっと待て!!　何で俺の胸倉を掴む!!　何で揺さぶる!!」

蒼の視線は、顔を真《ま》っ赤《か》にして主人公の胸倉を揺さぶっている金髪の少女の姿に一度止まってから離れない。

気品さを纏《まと》いながらも前へ進む力に満ち溢れた少女の姿は、間違いなく他のものと一線を画

第三章『ついに、華やぐ物語の中へ』

して美しかった。

蒼がそう評価した彼女を目に留めようとするものはほとんどいなかったが、彼は、少女の放つ存在感に、聴覚を一時的に飛ばすほど圧倒された。

二年前、初めて見たときよりも少し大人びたなと思う。

蒼い切れ長の瞳には獅子《しし》の如《ごと》き強い意志が秘められ、制服越しにもその細身の体が過酷《かこく》な戦闘を超えてきた均整《きんせい》のとれたバランスを保っているのが分かる。

その揺れる金色のツインテールを、どれだけ妄想の中で描いてきたことだろう。

彼女が髪を揺らすたび、陽光が煌めくようだった。空気がいつもよりも澄んでいる気がする。

自分と彼女の間に大きな崖があるような気持ちだ。

だが、たかだか崖程度なら、飛び越えてみせよう。

本当は、鏡の向こうよりも遠い場所にいたのだ。この世界に来てからも、その距離を埋める努力をしてきた。

今さら、この崖など怖がってはいられない。

「真ん中の男の子は知らないけど、その隣の子は、確か早乙女《さおとめ》家の子？　名前は確か……………蒼？」

朱莉の声がどこか遠くで聞こえるようだ。

丁度、これまた勇敢なモブが一人、セナに駆け寄って想いを伝える。それを皮切りに、男女問わずファンと思《おぼ》しき生徒たちが黒山の人だかりを作った。

ファンに囲まれながら、セナは「先に行ってて～」と二人の幼馴染を見送った。

蒼は立ち上がり、肩越しに霧矢に話しかける。

「霧矢。鳳城セナにお近づきになりたいなら、あの人たちみたいに恥を忍んででも今話しかけに行くべきだ」

「……？　何や急に？」

「昔は斜《しゃ》に構えてそうしない自分に満足してたけど、本当は何倍もアイツらの方がかっこいいんだ。かっこつけて手をこまねいても、向こうからはやってこない。人生は一度きり、後で地獄のような思いをする前に、自分の全部賭《か》けてみようぜ」

内容に対して声が震えていてダサいなと内心自虐《じぎゃく》しつつ、ガチガチの関節を駆動して、しっかり一歩を踏み出した。そこからは早かった。

「俺はそうするよ」

二歩目、三歩目。距離は縮《ちぢ》んでいく。

ああ、何て美しい髪なのだろう。それを自分の眼球で直接認識できるなんて。

「何や。アイツやっぱり鳳城セナのファンなん？」

「さぁ……？」

そんな言葉に反応する余裕がない。

そのまま、何歩も重い足を動かす。

そして、小波蒼は、世界の中心にいる二人の行く手で立ち止まった。

蒼く澄んだ瞳が、蒼を視界に捉える。

息が詰まり、心臓を握り潰されるような衝撃が体を揺さぶった。

あの彼女が、紙の向こうで見つめることしかできなかった彼女が、桜舞う広場の中で、蒼の存在を見つめている。

優しい風が吹き、金色のツインテールを揺らした。立ち止まった彼女が、怪訝《けげん》な視線を送りつけてくる。

ようやくここまで来られた。二年間死ぬような思いをして、ようやく来られたのだ。

「アンタもセナのファン？　悪いけどどいてくれるかしら」

アニメで聞いた透き通る美声と同じだ。その声帯で、読者にではなく、蒼だけに言葉を向けている。

感涙が溢れそうになるが、変人扱いは流石《さすが》に遠慮したいので全力で我慢する。

蒼は首を横に振って、その愛おしいトゲのある視線を見返した。

「俺は、君に用があるんだ。早乙女ルイ」

早乙女ルイ。この名前を、何度反響しない壁に向かって呼びかけたことだろう。

しかし、放った蒼の言葉をその耳で聞いたルイは、切れ長の目をわずかに吊り上げて警戒の色を示した。

一度、深呼吸する。何も和《やわ》らぐことはなかったが、またしっかりとルイの瞳を見つめる。

かつてない緊張の中、脳内でバラバラになった単語を組み合わせて二年前から準備していた台本を思い出し、震える声を叩き直して、彼は力強く言った。

「俺の名前は小波蒼。早乙女ルイ。きみのことが、好きだ」

直後、思い切りすぎたかもしれない、とは思った。

予想以上に声が張ってしまったらしく、その場のほぼ全員の耳に届いてしまったのだ。

蒼の言った言葉を咀嚼《そしやく》し嚥下《えんか》する恐ろしく静かな間が訪れ、それからざわつきが瞬く間に伝《でん》播《ぱ》していった。

「え？　今告白した？」

「嘘《うそ》でしょ？」

「まじ？」

「まだ入学初日だぞ」

「やってんな」

周囲の賑《にぎ》やかな声の中で、主人公の目が隣のルイを恐る恐る見る。

セナに集《たか》っていた生徒たちも、セナ自身も、告白された可憐な少女へ視線を集中させた。

ルイの頬《ほお》が、周囲の視線を浴びて少しずつ朱に染まっていく。返事を待たずとも、その言葉が彼女に伝わっただけで昇天しそうな心持ちである。

三十秒ほど沈黙が続いたが、実際はもっと短かったかもしれない。

「……………………ふんっ。誰だか知らないけど、私はアンタなんかにこれっぽっちも興味はないわ。他を当たりなさい」

誰もがその答えを待ち焦がれる中、ルイは自分の腕を抱きしめ、そっぽを向きながらトゲのある言葉を言い放った。

最初から、私も好きでしたなどという言葉を期待していたわけではない。

むしろ、その拒絶の仕方が、とても彼女らしいと思った。隣を通り過ぎる彼女を横目に、自然と笑みがこぼれる。

想いを伝えたからといって、ここで諦められるわけないなと、拳を握る。

「やっぱり、ルイは最高の人だ。俺は見る目だけはあった」

あーだこーだとガヤが盛り上がる中、蒼は小さく呟《つぶや》いた。

ルイの背中を、主人公のハヤトが追いかける。

「お、おい、そんな言い方ないだろう……？」

赤い髪に、新緑の如き緑の瞳。

ルイがずっと昔から慕《した》い続けてきた幼馴染だ。

ライバルにしては、格も、彼女と築いてきた関係も違いすぎる。彼は主人公で、自身はモブなのだ。だが、負けない。

この気持ちが燃え尽きない限り、彼は負ける気はない。

この炎は、消えない。

ハヤトが足を止め、背中越しに蒼に声を掛けた。

「アイツあんな感じでも、悪気はないと思うから、あんまり気にすんなよ」

「……ご心配なく。あの言葉だけでも五千回は聞けるね」

蒼は振り返りながら、ハヤトに言葉を返す。

緑の双眸《そうぼう》で蒼を見つめる。その緑の奥には、多くの激動を生き残った厳《おごそ》かに煌めく意志があった。

世界にも、その世界の外からも愛された少年。蒼は、不思議な気持ちになりながら、彼に背中を向けた。

「俺はお前には負けないよ」

小声でそっと宣戦布告しながら。

「…………？」

ハヤトから訝《いぶか》しげな視線が飛んでいるのを感じる。

挑むように、首だけを振り返らせ、自分の劣等感を満たしてきた映し鏡の目を見た。少しの間の後、何を言うでもなく、蒼はまた足を踏み出した。

——昔、俺はお前だったんだ。でも今は違う。だから負けない。

蒼は、未《いま》だこびりつく周囲の視線を浴びながら、朱莉たちのところへ戻る。

風がまた一つ吹いた。彼の二度目にして初めての青春は、始まったばかり。

☆

「蒼、ああいう女の子がタイプなんだ」

クラス分けの紙が貼られた場所へ向かいながら、朱莉が蒼に批評する。

ねー、意外、と利那が続く。

「あの子って早乙女ルイだよね？　性格凄いキツイって聞いたけど」

「小波は将来尻に敷かれそうやな」

「それにしても、いきなり告白するなんてびっくりしちゃったね。そういうのってまず友達になってからとか、順序があるんじゃないの？」

「あの幼馴染グループには入り込む隙《すき》がないんだ、少しくらい強引にと思ってさ。それに、顔ぐらいは覚えてもらっただろうよ」

悪い意味でじゃなければいいがと心の中で付け足す。

蒼にとって予想外なのは、既に『入学初日に告白したやべー奴』みたいな肩書が蒼に向けられる視線に絡まっていることだった。

あまり周りのことは考えていなかったので、学校生活に支障が出てほしくないところである。

さて、聖雪の今年の入学者は二百三十人ほどらしい。

校舎の前の掲示板には、クラスの大きな括《くく》りの下に生徒の名前がびっしりと羅列されている。

この手の学校はライトノベルの鉄則的に完全に実力主義。学力はそれほど重視されず、純粋な戦闘力でSからFまでのクラス分けがなされる。

聖雪ほどの名門になると、『外れ者《ガフ》』の人間はせいぜいCクラスが限界だろう。

もちろん、例外はある。

「小波、何というか、すごいね、ほんとに」

ぽかんと口を開けてクラス表を見上げる刹那。その目は、Sクラスの強者たちのリストに名を連ねる小波蒼の文字を見ている。

自分の努力がこうやって形になる感覚はこの世界に来てから味わったもので、やはりまだ慣れなかったが、心地いい達成感を伴《ともな》うものだった。

自然と口元も緩《ゆる》む。

「あったりまえやろ。小波は人の何十倍も努力してるんやからな」

「何で風間が自慢げなわけ？」

「友達なんだからええやろ！」

利那と霧矢が元気に言い合いをしている間、朱莉が蒼の制服の裾《すそ》を摘《つ》まんでくる。

その口元には、小さな笑み。

「蒼、やっぱりすごいよ、おめでとう。私なんて、努力した気になってたけど、結局Dクラスだよ」

「聖雪に来られること自体、誇りに思っていいことだよ。朱莉もすごいんだ。それに、大事なのはこれからどう頑張るかだと思う」

「ええー!! 朱莉ちゃんDクラスなん!? 俺はEやったわ〜」

朱莉との間に温かい家族の空気が流れたと思いきや、そこに霧矢がへらへらと入ってくる。

その後に、トボトボと利那が輪に戻ってきた。

「私……Fクラス……やっぱりやっていけるか超不安……」

朱莉が女子同士ということで利那のフォローに回る中、失礼ながら、蒼は少し羨《うらや》ましいなと思った。

何故《なぜ》なら、

「ねーねー!! 見て見て!! 私たち三人お揃いFクラス!!」

「全ッ然嬉しくないわよ!!」

「俺は嬉しいねー。穏やかな学校生活が待ってるぜ」

「ちょっとアンタたち、立派なFND《フォンド》の一員になろうとかそういう気概はないの!?」

件の幼馴染三人組は、全員Fクラスなのだ。

これもライトノベルの定番である。

最強の力を持ちながら最底辺のクラスに属す主人公と、そこに集う訳あり美少女たち。

底辺でありながら最強の力で強敵を打ち倒し、わーすげーと周囲から注目を浴びるというお手軽カタルシスのための設定である。

あの男は、目立たないように試験でわざと手を抜いてFクラスになるように調整したのだ。

ルイとの関わりを増やすために蒼も同じことをしようかと思ったが、変に加減をすると普通に試験に落ちそうだったのでやめた次第である。

セナは力は強いがそれを制御できない故のFクラス。そして最強の血筋を持つ早乙女家の子女であるルイも、訳あってFクラスだ。

そんなルイは、お気楽に構えるセナとハヤトに説教中だ。

「いい⁉　ここは最高峰の学び舎なのよ⁉　訓練だって厳しいし、ちゃんとした志《こころざし》があっても折れることだってあるかもしれないわ！　才能だけじゃなくて努力も必要なの！　そんなふにゃふにゃした態度でやっていけるわけ⁉　それに、ここでは戦闘技術が一番評価されるけど、勉強だってちゃんとしないといけないのよ！　アンタたちが家で机に向かってるのなんて年賀状書いてるときくらいじゃない！　大体ね、いつもアンタたちは――」

彼女の説教が続く中、各々が所属へ向けて集団から離脱し始める。蒼たち四人は帰りに一緒に帰ることを約束して、それぞれの教室に向かっ――

「ほら蒼、行くよ！」

「え!! や、あの!! もうちょっと聞いてたいんだけど！」

「バカ！ いいの！」

「あぁぁぁッ!?」

ルイのご高話に聞き入ろうとした蒼は、朱莉に耳を摘まれることで無事に教室へと連行されるのであった。

☆

（かー、やべぇこれ）

一年のSクラス。教室は賑わっているが、久しぶりの新しい教室の空気に蒼は完全に気圧《けお》されていた。

今回は転生してすぐとは違い、元々友達がいる状態ではない。

しかもここは名門の頂点。これがまた、意識の高い連中ばかり。

おちゃらけてアニメの話でもできそうな人間が見当たらない……まぁ、この世界でアニメは見たことがないのだが。

ルイのことばかりで、学校生活の方は何も備えがなかった。

このままだと、前世と同じか、もしくはそれ以上に酷《ひど》い有様になるのは自明だ。

だが『冴えない』そんな言葉が似合うまま終わるつもりはない。

（まずは、このクラスの全員と友達になってやるぞ）

少なくとも、それぐらいの気持ちで友達作りに励《はげ》もう、と思った。

すでに、教室にはいくつかの群れがある。その内の一つは、群れているというよりは、光に集っている状態に近い。

二年前のＣＪＣ優勝者であり絶対的ヒロイン、白峰琴音。彼女もＳクラスの住人だ。

男女問わず様々な角度の質問を投げかけられていて不憫だが、彼女はそんな蒼の心配を余計なお世話だと言わんばかりに涼し気な顔でクラスメイトに接している。

物語には描かれない裏でこんな苦労があるのかと思いつつ、蒼はこの集団は後にしようと席を立つ。

食卓では苦手な食べ物から食すタイプの蒼は、先に一番友達になれなそうな人間のところから攻めることにした。

窓側の後ろの席に陣取る男三人のグループだ。制服を着崩し、目つきも悪い彼らは、いわゆる不良である。それでもＳクラスにいられるということは相当の実力者。

ガタイのいい真ん中の男は、染めた金髪をいじりながら琴音を下卑《げび》た目で見ていた。

彼の名前は、岩槻厳《いわつきげん》、二年前のＣＪＣではベスト４。

そしてこの男、実は一巻に登場する。

その立ち回りと言えば、主人公グループに因縁《いんねん》をつけ、近日開催される一年生同士のバトルトーナメントで決着を望むものの、主人公にぼこぼこにされるという悲しいものだ。

正直自業自得ではあるが、明らかに主人公のダシにされるその姿は、同情の余地がある。

「俺、小波蒼。これからよろしくな」

蒼が手を伸ばすと、岩槻は楽しみの邪魔をするなと蒼を睨《にら》み上《あ》げる。

すると、周りの取り巻きが蒼を見て嘲笑を浮かべた。

「へぇ～。小波くんさ～、さっき広場で告白してたよね？　面白いね」

「そうなの？　ウケるなぁ、ははは」

そう言って取り巻き同士散々笑い合う。未熟な若者にありがちな気の遣えないイジリだ。

岩槻に関してはまるで蒼に興味がなさそうで、さっきから琴音をずっと見ている。

（ぶん殴るぞお前ら）

そんな物騒な考えをしまいつつ、体の内から熱が噴き出す前にとっとと退散する。

なるほどこれは難儀だなと思いつつも、彼は男女問わず自己紹介をして回ることにした。

「俺、小波蒼。よろしくな」

「あ……うん」

こんな会話を、二十回は繰り返したと思う。やはり先ほどの告白が痛手になったのだろうか。少し会話が弾む相手もいたが、それほど盛り上がることもなく、蒼は最後に琴音の前に流れ着いた。始業間近で、琴音の周りには人がいない。

流石のオーラに、汗が一滴、落ちる。

「し、白峰、さん、だよね。俺、小波蒼。よろしくね」

琴音はルビーのような瞳で蒼を優しく見上げ、微笑《ほほえ》みを浮かべる。

「小波くん。こちらこそよろしくお願いします。去年のＣＪＣ、見事でしたね」

掃いて捨てるほどいるモブの一人の事情がヒロインの口から当たり前のように出てきたので、ぽっと頬が熱くなる。

これが周囲を惹《ひ》きつける圧倒的ヒロイン力という奴だろうか。天使のような人だと心で絶賛しつつ、たじたじになりながら握手を交わし、蒼は席に戻った。

手は驚くほど柔らかかった。

☆

「この学校を卒業できたものの多くはＦＮＤの一員として戦場を駆けることになるでしょう。しかし、ＦＮＤの仕事は子どもの遊び場ではありません。心も、体も、技術も、あなたたちは

まだ若すぎます。志だけではこの国も、自分自身すらも守れない。隣にいる友人の死に顔を拝《おが》むこともあるかもしれない。……あなたたちはこの年代で一番の実力を持つものです。今言ったようなことにならないためにも、この三年間で、互いに切磋琢磨《せっさたくま》して、心身共に、立派な騎士になりなさい」

教室に深々とした教師の声が響き渡る。威圧と期待を込めた言葉に、生徒たちの背筋も伸びる。

教壇に立つ女性の名は、羽搏冥花《はばたきめいか》。日本最高峰の戦闘教育機関である聖雪の学校長であり、Sクラスの担任だ。

彼女もまた、ライトノベルの定番の立ち回りを演じている。

主人公とは浅からぬ因縁を持ち、主人公のざっくばらんな行動の後始末を引き受ける、現役を引退した元エース……そして若くて美人。

彼女もそれに違《たが》わない。

何と彼女は現在二十三歳。十代のときからFNDのエースとして才能を発揮し、彼女が在籍している間、代々FNDの最高戦力の座をほしいままにしていた早乙女の一族は二番手の位置で歯噛《はが》みしていたとか。

彼女は一巻から登場しており、引退したため前線に出ることはないが、主人公の立ち回りを円滑にしてくれるサポートキャラの一人のような位置づけだ。

しかし、十五巻以降で何度か戦闘をした際、彼女特有の力によって敵を殲滅《せんめつ》する姿が描かれ、多くのファンを一気に獲得した実績がある。

まるで闇が産み落とした御子のような女性だ。闇に吹くそよ風のように静かで落ち着いた漆《しっ》黒《こく》の髪を肩甲骨辺りまで伸ばし下の方で結んでいる。

右目は薄紫の虹彩《こうさい》を持つが、左目は鮮やかな水色……所謂《いわゆる》オッドアイである。

そして、髪型の『アニメでよくいる病弱な母親』感のせいか、ファンからは『ママ』と呼ばれて親しまれている。

そんな冥花先生がありがたい言葉を並べる中、教室のドアがガシャンと開いた。

「あっぷな～ッ!! ギリギリセーフ!! あれ? ねーちゃん? Fクラスの担任だったっけ?」

無駄に明るいギャルが入って来た。

着崩した制服の胸元から豊満な双丘が見えて、蒼は思わず顔を逸らす。男子の視線はこのギャルに釘付けだ。

まじまじと見なくても彼女の見た目は分かる。

ピンクのウェーブがかったサイドアップに、焼いていない白い肌。染《そ》め損《そこ》なったのか、桃色の髪の内側にわずかな黒髪が覗《のぞ》く。髪の色と同じピンクの目は丸くて大きく、見るものを引き寄せる大らかさと愛らしさがある。

彼女の名前は羽搏ミミア。

名字と先ほどの言葉からも分かるように、冥花先生の妹であり、主人公のクラスメイトのヒロインの一人。

冥花先生は顔を押さえ、それから刃物のような視線を飛ばした。

「間に合っていません。それに、教室も間違えています。……羽搏ミミア。初日からこの誇り高き聖域を侮辱《ぶじょく》するような舐《な》めた真似をするとは、いい度胸ですね」

顔を上げた冥花先生の目から、ギラリ、威厳たっぷりの圧が漏れ出した。

ミミアが笑顔を引きつらせ、両手を振りながら弁明する。

「あっはは～……そのー、目覚ましが壊れちゃって～……えーと…………ははは……アタシ遅刻はよくしちゃうけど今日はちゃんと来るつもりだったよ？　えーと……じゃあ、その、さよなら～～～～～～～～～～～～～～～～～～～！！！！」

弁明したと思いきや、ダッシュで逃げていった。冥花先生が深いため息を吐《つ》く。

妹であっても容赦《ようしゃ》なしだ。彼女の怖さは、よく伝わっただろう。

そんな軽いハプニングの後、蒼たちは先生に先導され、体育館へと向かった。

上級生や先生方に迎え入れられる形で始まった始業式は、妙に長く感じた。

一年生代表の琴音の宣誓《せんせい》や冥花先生の祝辞に説法。

それを真剣に聞きながらも、蒼は周囲の光景を見渡す。

「…………」

琴音が背筋をきっちり伸ばして冥花先生の話に聞き入っている。立ち姿は壮麗として揺るがない。

「ふぁ～……」

ハヤトはあくびを零《こぼ》している。

「ふんふんふーん」

「ちょっと、真面目に聞きなさいよね」

セナは目を閉じて小さく鼻歌を歌い、ルイがその後ろからセナを小突いて小声で注意していた。

「ねねね、話長くない？　それなー、あはは」

ミミアは最後尾で腕を頭の後ろで組んで近くの女子に絡んでいる。

夢にまで見た物語の主要キャラクターが、揃い踏みだ。

高鳴る胸の鼓動を上から押さえ、蒼は ステージの上で穏やかに騎士の精神を説く冥花先生を見上げた。

いよいよ、物語が始まる。

体育館の外で風が吹き、桜の花びらが舞ったのが見えた。

第四章

最初の一大イベント

入学から三日。授業が本格的に始まろうとしている。

校門を出て、繁華街を抜けた先にある寮に帰り、また学校に戻るのも、これで二往復目になる。

その間、蒼《あおい》とルイの関係に、進展はこれっぽっちもなかった。

「なーなー。一緒にご飯食べましょうって、ちょっとキモイよな」

蒼は長テーブルに顔面を横たわらせながら言う。

場所は食堂。

下級生上級生問わず入り乱れ、和気藹々《わきあいあい》とした若者らしい空気が流れている。

行き交う生徒たちの手には水色のカードが握られている。あれはいわば財布のようなもので、この都市の中では、あれを翳《かざ》すだけで通貨の代わりになる。

学校から指定された上限額までは、何に対しても使い放題という、破格の待遇だ。

そんな設定もあったなぁと感心しながらきつねうどんを買ったのだが、中々箸《はし》が進まない。

「そうだな～。まずは一緒に帰りましょうとかからの方がいいんじゃない？」

隣に座った刹那《せつな》がから揚げ定食をつつきながら答える。

蒼の九十度傾いた視線の先では、例の幼馴染三人組がテーブルで向かい合って食事を楽しんでいた。

セナがいるせいで周囲の視線は否応《いやおう》なしに吸い込まれ、その隣で食事を摂《と》るハヤトに対する僻《ひが》みも凄《すさ》まじい。

とはいえ蒼の視線はその向かいに座っている金髪の美少女一筋だ。

「はぁ……やっぱ早乙女《さおとめ》家って教育厳しいんだなぁ……食べ方めっちゃ上品だ……」

「うどん伸びてるよ」

この場には、刹那と蒼しかいない。

霧矢《きりや》は気の合う仲間を二人見つけたようで、朱莉《あかり》はと言えば既に六人組の女子グループの一員になっていた。

流石《さすが》朱莉だ。何事もそつなくこなせるし、人付き合いも上手だ。

かくいう刹那と蒼は、未《いま》だクラスにそれほど馴染めていない。

「でも、早乙女家って代々聖雪《せいせつ》のSクラスの首席を輩出《はいしゅつ》してる家系なんだよね。Fクラスにいるから周りの声とかも色々あるみたいだよ。そのせいで、あの子があの三人組以外の人と話しているの見たことないなぁ」

刹那の言う通り、セナには好奇の視線が集まる中、ルイに対するモブどもの視線や言葉は厳しいものが多い。落ちこぼれや才能の持ち腐れなど、ふざけた悪評が出回っているのだ。

何も知らないくせに、随分好き勝手言ってくれるものだ。

「……でも他人の心配してる場合じゃないなぁ私」

「…………まだクラスで友達は出来てないのか？」

蒼は突《つ》っ伏《ぷ》したまま尋ねる。

「うーん。中々気の合う人がいなくて……ギャルとかもいるし」

ギャルが誰のことかは想像に難《かた》くない。

刹那は基本教室の隅《すみ》っこで読書に勤しんだりゲームをしたりと一人趣味が多いので、肉体派の多いこの高校で友人を見つけるのは苦労しそうだ。

「……多分だけど、そのギャル、悪い奴じゃないと思うよ」

蒼はミミアの人柄を知っているので、案外気が合うのではと思う。

だが、刹那は「そうかなぁ」と苦笑気味だ。

そんな刹那が、ふと話題を切り替えてくる。

「そうそう、前から聞こう聞こうと思ってたんだけど、その腕輪とグローブ何？」

蒼は顔を上げて刹那を見る。彼女は、どこか不安げな顔で蒼の右手を観察していた。

蒼の右手には、いつも欠かさず指抜きグローブが着けられている。

その手首に、栓《せん》を締《し》めるように虹色の腕輪が巻きついていた。

中々答えづらい質問だった。

「それ、去年の冬からずっとしてるよね？　その腕輪高そうだけど、いくらしたの？」

「百万」

「百万ッ!?」

「嘘《うそ》だよ」

結果、茶化してあしらうことにした。

刹那は珍しく肩を怒《いか》らせている。

そんな刹那から逃げるように、伸びきったうどんをささっと食べ終え、蒼は立ち上がる。

「アドバイスありがとな。早速試《ため》してみるよ」

未だ腑《ふ》に落ちない顔の刹那に背中を向け、足早に食堂を立ち去った。

☆

その日の放課後である。

「俺、小波蒼《さざなみ》!!　よかったら一緒に帰らないか!?」

Ｆクラスにダッシュで突入した蒼は、帰りの支度《したく》をしているルイの目の前に来るなりそう言った。

ルイは目を丸くして驚いていたが、すぐに無愛想な顔になった。

「……言ったでしょ。私、アンタにはこれっぽっちも興味ないって」

フラれた。

色めき立つ周囲の声の中、ルイはさっさと教室を出て行って、蒼は一人取り残されてしまう。

刹那が教室の端で両手でガッツポーズを作り、応援してくれていた。

「俺、小波蒼!!　よかったら一緒に学校行かないか!?」

「……またアンタ？　イヤって言ってるでしょ」

翌日。

寮の入り口で声を掛けたのだが、またもやフラれる。

隣にいたハヤトは苦笑いを浮かべ、セナはくすくす笑っていた。

「俺、小波蒼!!　よかったら一緒に帰らないか!?」

「何度目よ！　いい加減諦めなさい!!」

「俺、小波蒼!!　よかったら一緒に――」

「よくない!!」

「俺、小波――」

「ノイローゼになるわよ!!」

そんなやり取りを一週間ほど続けた。完全に警戒されているようで、近づくだけであっちに行けと毛を逆立てる犬のように吠えたてられる始末だ。

「くっそぉぉおおおぉぉおおぉおおおおおおおおおお！！！！！！！！！」

ある日、帰り道の途中にある公園で、蒼は叫んだ。

刹那、霧矢、朱莉の三人が、ベンチに座りながら途中のコンビニで買ってきたパンを齧《かじ》り、砂場で独白する蒼を見ていた。

「おのれ……!!」

噛《か》ませ犬の敵キャラのような言葉を言いながら、頭を押さえる。

何の進展もないまま、一週間が過ぎた。

それはどういうことかというと、ただ二人の間に進展がないだけではない。

主人公とルイの間で、イベントが矢継ぎ早に起きているということだ。

「くっそぉ!!　あんなのズルだろうが！！！！　倫理的にどうなのよ!!」

蒼がヤケクソに噛み付いているのは、主人公の境遇である。

これもライトノベルの定番。数があぶれたとかなんとかで、あの男は女子寮に住むことになっているのだ。

二人部屋で、相方は白峰琴音《しらみねことね》。正直それはどうでもいい。

女子寮に常在するということは、必然的にルイとの絡みも増える、そこが気に入らない。

さらに、この時点ですでに、真っ先に挿絵に描かれる事件、いわゆる――

『セナとルイの部屋に行ったら、たまたま着替え中の二人を覗《のぞ》いてしまう』とかいうふざけたイベントが発生している。

「うおおおおおおおおおおおおおおおおおおおお！！！！！！！！」

「びっくりしたぁ!! いきなり叫ぶなアホ!!」

霧矢が飲み物を飲んでる途中で驚いて咳《せ》き込《こ》み、蒼を非難してくる。

だが蒼はそれどころではない。

許せん。この世界を主人公の、はたまた読者のいいように操る作者にそう文句を垂《た》れる。

頭を掻《か》き毟《むし》りながら砂場をうろちょろする蒼の醜態《しゅうたい》を見て、朱莉がため息を吐《つ》いた。妹に何回ため息を吐かせたのだろう。

やきもきしながら、蒼は夕焼けに向かって吠え続ける。

……翌日、近隣から苦情が来たと冥花《めいか》先生に怒られた。

ほんの少しでも、運が向いてくれないものだろうか。

☆

「来週なんだよね？ 学年別トーナメントって」

第四章『最初の一大イベント』

「そうそう、緊張しちゃうね〜」

「対戦表、今日発表なんだっけ？」

色めき立つクラスの女子の会話を聞き、蒼は立ち上がった。

もうその時期かと。

相変わらずルイに一緒の登校を拒《こば》まれ、教室では変人扱いだが、今日も一日頑張ろう。

近日、セカゲン最初の一大イベント、『聖雪《せいせつ》高等学校学年別トーナメント』が開催される。

実力を測《はか》るというよりは見世物《みせもの》としての一面が強いイベントで、四人の中で勝ち残りを競う、体育祭の代わりのようなものだ。

蒼が対戦表の確認のために廊下を歩いていくと、廊下の端、Ｆクラスの方で何やら揉《も》めている声がする。

確認するまでもない、丁度この時期だと思っていた。

岩槻厳《いわつきげん》だ。揉めている相手はもちろん主人公のハヤト。セナにしつこく絡む岩槻にハヤトが注意した結果である。

ハヤトはこのトーナメントで目立つのを嫌がったので早々に降参をと考えていたのだが、この後岩槻が『自分に負けたら鳳城《ほうじょう》セナは俺のもの』という勝負を仕掛けてきて、それをセナが「やっちゃえ!!」と引き受けてしまうので仕方なく勝ち上がることになる。

そして岩槻との戦いで実力の一端を見せたハヤトが一目置かれるようになり〜、というストーリーに続いていく。今はセナを賭《か》けろだ何だと言い合っている最中だ。

相変わらず蒼の入る余地がない。

「こんな奴なんて放っておきなさいよ」

「あぁ？　早乙女家の落ちこぼれが、この俺をこんな奴呼ばわりか？」

間に割って入ったルイを、岩槻が嗤《わら》う。

ルイがキッと岩槻を睨《にら》み上《あ》げ、隣のハヤトが表情を曇《くも》らせる。岩槻の言葉に、蒼の体がびくりと震えた。

「名家だか何だか知らねぇが、雑魚《ざこ》のくせに俺たちSクラスに指図してんじゃねぇよ。……そうだ、文句があるならお前の首も賭けろよ。どうだ、お前の彼氏が俺に負けたら、お前、この学校から消えろ。早乙女家だからってデカい顔されたらたまんねぇからよ。もし俺が万が一にも負けることがあったら、謝ってやるよ」

「上等よ!!　アンタにハヤトが負けるわけないでしょ！　謝罪の準備でもしておくことね!!」

「そうそう、やっちゃえハヤト!!」

「おいおい……」

ハヤトが流されるまま賭けの対象にされてやれやれ顔だが、蒼は拳を握り締める。

そうだった。岩槻はルイにまで勝負を吹《ふ》っ掛《か》けていたのだった。

これは度《ど》し難《がた》い。今すぐにでも決闘を仕掛けて約束と数々の暴言を撤回させてしまいたいものだが、生憎《あいにく》学生間の私闘は固く禁じられている。

「まあいい。その勝負乗ってやるよ。でも、俺が勝ったら、俺の友達への暴言と約束は全部取り下げろよ」

「面白い!! Fクラスのお前が勝てたらな!! はははははは!!」

ライトノベルのお決まりのやり取りに聞き耳を立てながら、うぅむと唸《うな》る。

結局、岩槻はハヤトにスカッとするほど打ち負かされるので、蒼が手を出さなくても、事は丸く収まる。

だが、主人公に任せて自分は何もしないなどあまりにもじれったい。そこで指をくわえて見守ることは彼の信条と覚悟に反する。

それに、蒼の想い人を堂々と侮辱《ぶじょく》したあの輩《やから》を一発ぶん殴らないと気が済まない。

どうしたものかと迷っていると、ふと蒼の肩を誰かが後ろから摑んだ。霧矢だった。

「何や、怖い顔して。対戦表は見たんか?」

「ああ……これから見に行くところだよ。霧矢は見たのか?」

「見たで〜。格上ばっかで敵《かな》わんわ。まぁ、小波に比べたらマシやな」

「?」

含みのある言葉に、蒼は霧矢の顔をまじまじと見て先を促す。

霧矢が、思いもよらないことを言った。

「小波の対戦相手の中に、あの岩槻厳がいるんや。小波も運が悪いなぁ？　いくら小波でも、CJCベスト4が相手はきついんちゃう？」

蒼は瞬《まばた》きを何回かして、それから、込み上げるままに小さく笑った。

霧矢は変人でも見るように口元を引きつらせている。

「どうしたん？」

そこらのモブであっても、不幸や悲劇は訪れる。この場合、一介の生徒の学園生活に訪れたさっそくの不運というところなのだろう。

だが、

「いや……やっと運が向いたのかなって」

蒼は不敵に口元を緩ませる。

一週間があっという間に過ぎ、すぐにトーナメント当日がやってきた。

……勿論《もちろん》その間も、ルイとの登下校は一度も叶わず、それらしい会話はなかったが。

☆

ストーリー上、ハヤトと岩槻は二回戦でぶつかることになる。

しかしそれは、両者が無事に一回戦を突破出来たらの話である。

第四章『最初の一大イベント』

物語は常に一つの結末を辿《たど》るが、その物語に一滴別の何かを垂らせばその限りではない。

暗がりの廊下の先に、光が見える。

その奥から、わずかながら歓声が聞こえた。

緊張する。蒼は勝手に出来た拳を胸に当ててから深く呼吸した。この感覚は去年のＣＪＣ以来だろうか。

「小波くん、どうぞ。頑張ってくださいね」

入り口の側《そば》にいる先生の言葉に首肯《しゅこう》で返す。目を細めながら、蒼は光の中へと入っていった。

だだっ広い黄土色のグラウンドが、すり鉢状の観客席に囲まれている。

ここは聖雪の中にある一番大きな闘技場の中。

やはり、一昨年《おととし》のＣＪＣベスト4のいる試合は大きな闘技場が割り当てられている。

観客の数はかなり多い方だ。やはり岩槻目当てだろう。

ものによってはさほど盛り上がらない試合もあるが、琴音や岩槻などの著名なものたちには観客も寄ってくる。

ちなみに蒼もＣＪＣベスト8だが全く話題に上がらないのは、去年出場した早乙女ラウルとかいう性格最悪美男子があまりの強さで話題を掻《か》っ攫《さら》っていったからである。

遠くの正面に立つ岩槻は対戦相手の三人など眼中にはないらしく、『俺の力を見せつけてやる』と言わんばかりに観客席のハヤトたちにガンを飛ばしている。

観客席を見渡すと、朱莉が小さく応援している姿があった。ありがとうと声を張りながら手を大きく振る。朱莉は満足げに頷《うなず》いた。

……さらに辺りを見やると、ルイと目が合った。彼女にも笑顔で大きく手を振ったが、すぐにツンと目を逸《そ》らされてしまう。悲しい。

それはさておき、残る対戦相手はAクラスの女子とBクラスの男子だ。中々の好カードである。

だが、あまり戦い慣れているようには見えない。岩槻と勝負になるかは、怪しい。

『それでは――Aブロック第八試合を開始いたします。各自、「煌神具《コスモギア》」を起動してください』

歓声が強まる。蒼は左手首に巻きついた時計型の起動装置を見た。

懐《ふところ》から取り出すのは、鍵の形をした未知への扉、『煌神具』。

青く刺々《とげとげ》しい形のそれに向けて、蒼は一つ、祝詞《のりと》を唱えた。

戦いの前の張り詰めた空気が、余計にひりついたようだった。

「……『共鳴《ハウ》れ』」

鍵が俄《にわ》かに震える。

仄《ほの》かに青い光が灯《とも》り、間髪入れずに鍵の中から女性の電子音声が鳴り響いた。

《『煌炎《Flame》』、Caution》

起動装置のくりぬかれた小さな穴に、超常への鍵を突き刺した。

力強く捻ると、ガチリ、という小気味よい音と共に体中の血液を沸騰《ふっとう》させるような強烈な熱が一瞬で体を駆け巡った。

女性の電子音声が淡々と力の招来を宣言する。

《接続《Access》》

瞬間、蒼の体が、文字通り炎に包まれた。

燃え盛る体、しかし、込み上げるのは痛みではなく力。

強襲する怪物たちに対し、人類が多くの犠牲の上に築いた反撃の狼煙《のろし》。

岩鉄を砕き、空を駆け、自然を操る人類最恐の力が、

花開く。

《Welcome to Fiona Server》

蒼を包む炎が消え去り、その下に焼け残るは青と黒で織《お》られた戦闘衣。

相変わらずの高揚感に、蒼はしかと目を見開いた。腕を振れば熱風が起き、足の裏で地面を擦《こす》れば青の火花が散る。

アニメや小説の中でしか見ることのなかった驚異的な力の塊。

体を気持ちよく締め付ける、前の人生では絶対に味わうことのなかった人間を越える感覚は、酔いしれて道を踏み外してしまいそうなほど蠱惑的《こわくてき》で艶美《えんび》な、底知れないものだ。

「『共鳴れ』!!」

《『圧潰《Crush》』、Caution》

対する岩槻が、高らかに声を張る。

人智の限界、その頂点の中でもさらに最先端に存在する、亜種の力。

その力は、一歩間違えれば自滅を招くほどのものだ。

《接続》

大地が震え、対戦相手の少年少女がわずかに揺れた。

岩槻の周りに大量の巨大な岩石が顕現《けんげん》する。岩石は一様に岩槻に吸い寄せられ、彼を押しつぶすように一瞬で岩槻の姿を覆い隠した。

《Welcome to Fiona Server》

女性の声と同時に、岩石が勢いよく爆《は》ぜた。大量の破片が周囲に散らばり、蒼が首を傾《かし》げると、元々顔のあった場所を拳ほどの岩が通り過ぎていく。

爆心地に岩槻の姿がある。

金色の鎧を纏《まと》い、その顔には自信が漲《みなぎ》る。彼が一歩踏み出すと、地面が悲鳴を上げるようにわずかに震えた。

他の二人も同様に亜種の『煌神具』を起動させる。

『煌神具』は武器も顕現させることが出来るが、今回はただのイベント。二人とも模造刀やレプリカの得物を持っている。

やはり才能が集う場所だ、『外れ者《ガフ》』は蒼だけか。

『それでは――』

どこからかマイク越しの教師の声が聞こえる。

歓声が一瞬静まり返った。

一瞬の呼吸の後、教師の声が堂々と響き渡った。

『はじめッッ!!』

歓声が割れんばかりに膨れ上がる。

同時、AクラスとBクラスの二人が目配せをして、一気に岩槻へ距離を詰めた。

これはどんな手を使ってでも最後の一人になれば勝者になる遊戯。

まずは二人掛かりで岩槻をつぶす魂胆《こんたん》だろう。

だが、そんな目論見《もくろみ》を嘲笑《あざわら》うように岩槻の口が気味悪く歪《ゆが》む。

「はぁッ!!」

可視の白い風が靡《なび》く。岩槻の背後に、風に乗って少女が一瞬で姿を現した。

速い。

蒼のいた中学にあの動きが出来るものはいまい。

少女は勢いよく模造刀を真横に振り抜いた。だが、それは岩槻の手によってあっけなく受け止められる。

「甘いわぁ!!」

岩槻はその並外れた膂力《りょりょく》で模造刀を少女ごと地面に叩きつける。少女は地面に背中を打ち付け、衝撃を受けた地面はひび割れ砕ける。

観客から悲鳴と歓声が上がる。

少年の方が肉薄を終えるより先に、岩槻は豪快な掛け声と共に起き上がろうとした少女の横っ腹に蹴りを入れた。

空気が歪んだように見えた。圧倒的な力が少女の体を打ち上げる。その軌跡に、少女の口から漏れ出た血が散った。

少女が地面に落ちるのと同時、少年が手に持った槌《つち》を岩槻に振り下ろす。

趣味の悪い笑みを浮かべたまま、岩槻はその巨軀を疾風《はやて》の如き速さで動かして槌の軌道から逸れ、すれ違いざまに少年の腹に拳を叩き込んだ。

空間がまたねじれ、少年の体が弾丸のようなスピードで闘技場の壁にめり込んだ。

全て、蒼が一歩と動く前に起きたことだった。

土煙が上がり、その真上の観客席の生徒たちが身を乗り出して少年の無事を確かめようとしている。蒼は近くまで吹き飛んできた少女の側に屈《かが》み込《こ》んだ。

「大丈夫か？」

少女の意識は薄い。対戦相手の心配などするものではないが、どうやら彼女はこれ以上動けそうにない。

それでも、少女はその瞳に、後に国防を担うものとしての強い意志を宿して蒼の顔面に拳を振り上げた。

蒼は決死の闘魂を以《も》って振るわれた拳を右手で受け止める。少女はそのまま気を失っていった。

「ナイスファイト」

根性が据《す》わっている。そう思いながら、蒼は未だ地面を揺さぶる岩槻の動向を見た。

先ほど壁に突っ込んだ少年が、不屈の闘志で岩槻に立ち向かっている。

岩槻は弄《もてあそ》ぶように少年の攻撃を悠々とかわし、返す拳で少年を痛めつけた。

「おらおら、もっと会場を沸《わ》かせてみろよぉ!!」

煽《あお》り、嘲笑う。

(アイツ、昔学校にいた嫌な奴に似てるな)

蒼が思い出に表情を濁らせる中、少年はなおも立ち上がった。残念だが、それ以上やったところで勝てはしない。

蒼は一歩ずつ歩いて、闘技場の真ん中まで来ると、二人に声を掛ける。

「二人とも、そこらへんにしとけよ」

二人の視線が蒼に向く。と思いきや、一方の視線が切れた。

槌を持った少年の意識が途絶えたのだ。力量差のある相手に対して、善戦と言えるだろう。

岩槻が蒼を鼻で笑った。

「何だテメェ、まだいたのか。尻尾を巻いて逃げ出したのかと思ったぞ!!」

岩槻に続き、観客からも、「逃げるな!!」「戦え!!」という厳しい声が続く。

話をつける前に戦っても意味がないと思っていたが、臆病者として映っていたらしい。

「ちょっと岩槻くんに聞きたいことがあってさ」

なるべく多くの人間に聞こえるように声を張る。野次が少し収まり、各々が聞き耳を立てた。

「あぁ?」

「先週、如月《きさらぎ》ハヤトと賭け事をしてたよね? 岩槻くんが如月ハヤトに勝ったら、鳳城セナはきみのもので、早乙女ルイはこの学校を出て行くとかなんとか」

「……それがどうした? お前みたいな奴にゃあ関係ねぇだろ」

岩槻が小馬鹿にするような視線を蒼に向ける。

蒼は言い返した。

「ちょっと聞きたいんだけどさ。もし岩槻くんが如月ハヤトとの試合に辿り着く前に負けたら、その約束は反故《ほご》にしてくれるのかな?」

岩槻が一瞬の沈黙の後に、大笑いを浮かべる。

蒼が言ったことはつまり、残った蒼が岩槻を倒すということだ。この驕《おご》り高《たか》ぶった男がそれを嗤うのはある意味自然なことだ。

「ははははは!!『外れ者』の分際で俺を倒す気なのか!? これは笑えるな!!」

観客にもやや笑いがうつる。蒼は、あくまで親切心で忠告する。

『外れ者』なんて言葉を平気で使って相手を見下すの、やめた方がいいよ。もし負けたとき、言い訳が出来ない」

(そうやって、お前は小説でもアニメでも恥を掻いてきたんだからな)

蒼の反抗的な言葉に、岩槻は笑いを引っ込め、今度は怒りを剥《む》き出《だ》しにした。

格下だと思っていた男に煽られて、よっぽど頭に来たのだろう。

岩槻が構えを取ると、地面が押しつぶされて小さなクレーターが出来る。

「調子に乗るなよ……!! 腰が引けて今まで突っ立ってただけの『外れ者』が、大口だけ叩いてカッコつけてんじゃねぇ!!」

「じゃあ、俺が勝ったら約束は反故にしてくれるっていうことでいいのかな」

「ぬかせクソが!! テメェが勝ったら命でもくれてやらぁッ!!」

岩槻が地面を蹴った瞬間、彼のいた地面は粉々に砕け散った。

その距離を詰める速さは、先ほどまでの少年少女の比ではない。

目の前に巨体が浮かぶ。遅れて風を切る音がやって来た。

岩槻が体を前のめりにして拳を構えた。蒼も右手に力を込める。

蒼の顔面目掛けて拳が迫る。

「……‼」

……いや、もうそこにはいない、蒼の顔面があった場所目掛けてだ。

岩槻の拳が虚空を殴りつける。蒼は、真横に動いて岩槻の拳をいなしていた。

そして既に、蒼の拳と体は攻撃の準備が整っている。

岩槻の体が思いもよらない空振りによりつんのめる。

蒼の拳は、その岩槻の顔面の上で、既に振り下ろされていた。

岩槻が目を見開く。今さら、その攻撃を避けようとしても、相手を見下し余計なことを口走ったことを後悔しても、遅い。

炎を纏った蒼の渾身《こんしん》の一撃が岩槻ごと地面に叩きつけられる。土煙と火炎が立ち上り、蒼の視界は瞬《また》く間《ま》に黄土色と青色に覆われていった。

何も見えない視界の中、蒼は体勢を整える。

土煙は、すぐに晴れていった。

観客席の生徒たちは、起き上がったり倒れた生徒の手助けをしていたりと混乱している。

恐らく、熱風が直撃して押し倒されてしまったのだろう。

生徒たちは何とか体を起こし、それから闘技場の中心部を見て、息を呑《の》んだ。

「お前の命は要《い》らない。だけど、如月ハヤトとの約束はこれでなしだな」

蒼は、眼下で横たわる岩槻に声を掛ける。が、聞こえてはいないだろう。

岩槻は白目を剥き、半ば地面にめり込んでいる。

頬《ほお》は焦《こ》げ、彼を中心に出来た地面のヒビは闘技場の端まで蜘蛛《くも》の巣《す》のように伸びていた。未だに燃え続けている箇所もある。

「それと……早乙女ルイには二度と近づくな。二度とだ」

気絶していてもこの言葉だけは忘れるな、そのぐらいの気迫を込めて蒼は言った。

教師が闘技場に出てくるのを見て、蒼は出入り口の方へと歩いていく。

観客席は静かだった。

岩槻が一撃でトーナメントから落とされた。そして相手は誰とも知らぬ『外れ者』。

困惑は、やがて他者との会話になり、闘技場はすぐにざわめきに覆われる。

教師が辺りを見渡し、声を上げる。

「そこまでッ!!」

しかし、蒼はこれは当然の勝利だと思う。

一昨年のCJCでベスト4だろうが、蒼との力の差は元々歴然だった。蒼はそれだけ自分の体を追い詰めてきたし、不遇であっても努力してきた。

その結果でしかない。

その蒼が霞むほどに、去年対戦した早乙女ラウルという少年が強かったのだ。

彼がいなかったら、優勝も遠いものではなく、蒼がこれほど無名になることはなかっただろう。

メタい話をすれば、ラウルは原作では十五巻以降に登場するキャラクターであり、いわゆる『パワーバランスに強烈なインフレが起きてきた頃のキャラクター』なわけで、当然今の時点でも規格外に強いのだ。

期せずして『無名が強豪を倒して注目を浴びる』という主人公と同じ役回りを演じたことに、蒼は、

「少しは有名になっててもいいじゃんか」

と、愚痴《ぐち》をこぼした。

とはいえ、これでルイを学校から追放させないというイベントは無事に終わった。

蒼はルイを見上げる。彼女もまた戸惑った様子で倒れ伏す岩槻と蒼の間で視線を泳がせていた。蒼とまた視線がぶつかる。

蒼がにっこり笑ってルイにピースをすると、彼女は少しの間瞬きをしつつ蒼を見つめ、それからまた彼女らしく腕を組んで目を逸らした。

その動きに、今度はそれほど棘がなかったのが、蒼には嬉しかった。

「あの人って、朱莉ちゃんのお兄さんなの⁉」

そんな声が、ふと観客席から聞こえてくる。見ると、朱莉が、友人に問い詰められていた。

朱莉は笑顔で答える。その顔は、道端に咲く花のように柔らかかった。

「うん。…………私の自慢の、兄だよ」

朱莉が蒼を見て微笑んだので、蒼も笑みを返した。

蒼は二回戦に進む。試合は午後から。

モブから始まった少年は、そこで、主人公と相まみえるのだ。

CJCベスト4、岩槻厳が一回戦で敗北。

倒したのは亜種の適性を持たないSクラスの少年。この話題は、瞬く間に学校を駆け巡った。

だが、その話題は長くは持たないだろう、と蒼は思う。

これから、Fクラスの少年が更なるどんでん返しを起こすのだから。

☆

如月ハヤトは蒼の一回戦よりも先に試合を終えているので、賭けの相手が負けた時点では既に二回戦への出場を終えている形だった。

その勝因と言えば、対戦相手三人の『煌神具』の制御不能による暴走。

亜種の『煌神具』は制御が難しいとはいえ、こんな偶然あるのだろうか。明らかに物語の見せ場を残す形に、蒼は苦笑いを浮かべた。

あれから蒼が戦った闘技場は迅速に整備され、蒼は再び同じ闘技場に立つことになった。

このだだっ広い闘技場が岩槻を一撃で沈めた蒼への配慮だと思うと、嬉しいものがある。

（観客がさっきより多いな……）

中天から降る陽射《ひざ》しに目を細めながら蒼は観客席を見渡した。朱莉、刹那、霧矢の三人が蒼に手を振っていたので、照れる気持ちと嬉しい気持ちに顔が赤くなるのを感じながら、蒼は応える。

「こらハヤトー!! しっかりやりなさいよ!! 手を抜いたらはっ倒すわよ!!」

「そーだそーだ!! このまま優勝まで一直線だよー!! 負けたら全身ガムテープ脱毛だよ!!」

ハヤトに脅迫じみた声援を送っているルイとセナ。やはり彼女たちは応援するだけでも存在感がある。

他の二人の対戦相手はCクラスとAクラスの少女だ。二人とも蒼に警戒の視線を向けているが、その視線を向ける相手を完全に間違えている、と思う。

蒼は深呼吸し、瞼《まぶた》を開いて正面で欠伸《あくび》を零《こぼ》しているハヤトを見た。

「……何だか、感慨深いな」

モブに始まり、主要キャラとの繋がりが皆無《かいむ》だった蒼。そんな彼が、今世界の中心にいる少年と相まみえようとしている。

今でも蒼の位置づけは生徒Aなどであろうが、これまで辿ってきた道を思えば、遥《はる》かに近づいてきたはずだ。

ハヤトと視線がぶつかる。彼はかつて、蒼自身であり、憧れでもあった。飄々《ひょうひょう》として出しゃばらず、それでいて仲間の危機には颯爽《さっそう》と駆け付け、壮絶な過去を持ち、強く、人望もあり、周囲には魅力的な女性が多くいる。

少年のときの理想を前に、蒼は自分があのときよりも荒《すさ》みながら大人になったことを実感する。

「俺はお前にはもう縋《すが》らない。自分の夢は、死ぬ気で努力して自分でつかみ取る」

蒼は懐から青の鍵を取り出した。教師が号令をかけ、全員が超常への鍵を構える。

ハヤトは一応『煌神具』を取り出しているが、それを使う気がない。

岩槻という倒さなければいけない相手がいない今、ハヤトがとる行動は、降参一択だろう。元より『煌神具』が使えないハヤトは、怪しまれないためのカモフラージュとして『煌炎』の『煌神具』を身に着けているだけだが、見れば分かる。彼は戦う気がない。

「……そうはさせない。俺に付き合ってもらうぞ。『共鳴れ』」

《『煌炎』、Caution》

『さぁ!! 聖雪高等学校学年別トーナメント二回戦が始まろうとしています!! 今回は今朝の一回戦から話題沸騰《ふっとう》のダークホース、小波蒼くんがリングに立っています!』

何と、二回戦からは実況付きのようだ。これもハヤトの活躍を盛り上げる舞台装置なのだろう。

『彼はなんと、白峰琴音さんに次いで二番目の注目株、岩槻厳くんを一撃で沈めるという驚きの力を見せつけています!! 調べによると、彼は去年のCJCでベスト8!! しかも! しかも亜種の「煌神具」を使わずのベスト8ですよ!! すごい!』

何だか照れ臭いなぁと思っている間にも実況は次の選手の説明に移る。対戦相手の少女たちは、いずれも両親がFND《フォンド》に所属している名家であった。

『さて最後は!! Fクラスの如月ハヤトくん! とくに説明することはありません!! この強者ぞろいの中で、大きな怪我《けが》だけはしないでいただきたい!!』

「何よその実況!!」

「そうだよ! せめて月に一回は女風呂の覗きしてるって説明はしてよ!!」

「やってねぇよ!」

幼馴染三人がやんやと言い合っているが、無名という評価にハヤトは満足そうだった。

その間にも、蒼の体は炎に覆われていく。

《Welcome to Fiona Server》

体に力が灯る。後は開始の合図を待つのみ。

『それでは――』

「……悪いな。お前のスローライフは、ここで終わりだ。俺が何もしなくてもそうなってたんだ、恨むなよ」

目を閉じて集中を体の内側に落とし込む。

歓声が遠のき、対戦相手の息遣いや足先が擦れる音だけが耳に入ってくる。

そんな涼《りょう》とした静けさを打ち破るように、教師の声がマイク越しに弾けた。

『はじめッ!!』

☆

蒼の目が開き、歓声と実況の声が意識から完全に排除される。

真っ先に動きを見せたのは、ハヤトの右手と、蒼の全身。

ハヤトが降参するためにあげようとしている右手に向けて一気に疾駆する。

他の少女が遅れて一歩を踏み出そうとしたそのときには、蒼はハヤトの右手首を掴んでいた。

体重を乗せ、ハヤトの手首を地面に叩きつけた。引っ張られたハヤトの体が遅れて地面を穿《うが》つ。出来上がったクレーターの中で、ハヤトが歯を食いしばって痛みに耐える。

「ちょっと!! まだ『煌神具』を起動してない相手に!!」

ルイの非難の声だけが蒼の集中の中に入り込んでくる。だが、蒼は罪の意識を覚えない。この男の体は、生来《せいらい》頑丈なのだ。

ハヤトに、蒼は挑む。

「よう、降参はなしだ。本気で戦ってくれよ。魔導王」

ハヤトが目を見開く。

魔導王……それは、前にいた剣と魔法の世界でハヤトを形容する言葉。

それをこの世界で知っている人間がいるわけがない、そう思っていただろうハヤトは、完全に虚を突かれていた。

「何故《なぜ》それを……!?」

「教えてやるよ、俺に勝ったらな。そうだ、もしお前が戦わなかったら、うっかりばらしちゃうかもしれないな」

蒼は不敵に勝負を吹っ掛け、摑んだハヤトの手首を真横に放り投げた。ハヤトの体が吹き飛ばされて壁に激突し、盛大に土煙を上げる。

蒼は追撃の構えを取る。掌《てのひら》を開くと、すぐさまそこに火球が出現する。

火球はすぐに顔よりも大きく膨れ上がった。蒼はそれを問答無用で土煙の中に放り投げた。

爆発。真上の観客席が全く見えなくなるほどの炎が立ち上り、足を動かそうとした対戦相手の少女たちが踏ん張って耐える程度の熱風が広がっていく。

実況の声は耳に入らない。そんなものを耳に入れる余裕のある相手ではない。

相手は、世界を征《せい》した男だ。

「……釣《つ》れたな」

爆炎の中からたちまちに強くなっていく闘気を肌で感じながら、蒼は冷や汗を流し、自分を奮い立たせるために無理矢理笑みを作った。

青の炎を突き破り、深紅《しんく》の焔《ほのお》が一直線に蒼目掛けて飛来する。蒼は腕を交差させ、炎を受け止めた。

行き場をなくした大量の熱の奔流《ほんりゅう》が広がり、蒼の視界が瞬く間に赤く染まっていく。

腕が噛み千切られるような熱に苛《さいな》まれる。蒼を後ろへ押し込もうとする勢いも凄まじい。

その熱を振り払うように組んだ両腕を真横へ薙《な》ぐと、焔は行く先を変えて蒼の左右に着弾した。

先ほどと同等かそれ以上の火柱が左右で打ちあがる。それだけの威力を発揮しながら、当の本人が人差し指を軽く折り曲げた程度の動きしかしていないだろうことが、蒼にプレッシャーを掛けた。

同じ場に立つ少女二人はあまりの衝撃に尻餅《しりもち》をついている。

蒼は正面の青い炎の中から現れる少年を苦々しく見つめた。

「最近よく勝負を吹っ掛けられる……俺はただのんびり暮らしたいだけなんだがなぁ」

「だったらこんな学校来るべきじゃなかったな、魔導王」

首に手を当てて頭を一周回す赤髪の少年。

その瞳から漏れる稲妻《いなずま》の如き闘気が、これまでにない圧を伴《ともな》って蒼の体にぶつかってくる。

「約束だぞ。俺が勝ったらどこでそれを知ったか教えてくれ」

「もちろん。だが、手を抜いて俺に勝てると思うなよ」

ハヤトの体を淡い白の光が包む。あれが魔法使いの力。

『煌神具』と一線を画す、魔力が生み出す超幻想の力だ。

（勝て。勝つんだ、蒼）

蒼が拳を握り締め、それに呼応して拳に蒼炎が宿る。

（コイツに勝たないと、あの子が救えない!!）

蒼は地面を蹴った。

☆

彼の名前は如月ハヤト。

前世では魔導王だなんだともてはやされ、伝説級の魔物を次から次へと薙ぎ倒していたある日、とある竜と交戦した際に発生した光によって幼児化し異世界転移。

特に想い残しはなかった。ただ一つあるとすれば、彼と恋仲にあった一人の王女に申し訳ないと思ったぐらいか。

こちらの世界は平和そのものだった。文明も遥かに進んでいる。

『トウカツ』という怪物が出てくること以外は、国同士の争いも前世ほど多くなく、平和だ。

幸い、ハヤトの出番はなさそうなほど、この世界には強いものたちが大勢いた。

だから、戦疲れした前世を癒《いや》すように、スローライフに勤《いそ》しもうと思っていたのだが。

色々な事件に巻き込まれ、なし崩しでこんな高校に入学することになって。

今は、ハヤトの事情を知る謎の少年に勝負を挑まれていた。

(重ッ!!)

少年の蹴りを腕で防いだハヤトは顔をしかめる。

ハヤトは魔法が使える代償と言わんばかりに『煌神具』が使えない。代わりに身体強化の魔法を重ねがけしているのだが、それでも体を揺さぶる衝撃は凄まじい。

次の一撃への対応が遅れる。反対から薙がれた蹴りがハヤトの腹に刺さり、ハヤトは闘技場の真ん中へと吹っ飛んだ。

「ハヤトッ!!」

ルイが身を乗り出して悲痛な声を上げる。ハヤトは親指を立てて、それからゆっくりとハヤトへ視線を向ける少年を見た。

対峙する少年の名は小波蒼。幼馴染のルイに自己紹介して登下校を誘っているのを何度も見たので名前は嫌でも覚えている。

あまり特徴のない少年だが、それとは裏腹に感じさせる圧が凄まじい。

その目の凄み方は、まるで実戦のようだ。

（こりゃ、ちっとは本気出さねぇとやばいな）

……あまり、目を付けられたくはないのだが。

蒼の両手に炎が宿る。蒼はそれを躊躇《ためら》わずハヤトに向けて翳《かざ》した。

炎が一気に広がり、極太の火炎と化して闘技場を横断する。

（なんつー火力だ。亜種じゃなかったら大して強くならないんじゃないのか？　まぁ、でも……）

この程度、防げぬ魔導王ではない。

ハヤトは屈み込み、呪文を唱えた。その言葉、指先までの動き、全てが魔法を生み出す式になる。

導きを待つ白き光に道筋を示せば、彼らは千紫万紅《せんしばんこう》の超常を成す。

通常手に持った杖や掌にしか纏えない魔力を全身に纏える彼は、それらの式を最高速かつ最低限で組み立てた。

『紅蓮《ぐれん》の豪炎よ、我を守りし壁を成せ――』

右手を地面に叩きつける。蒼とハヤトを別つように炎が闘技場のど真ん中に壁となって現れた。

闘技場の横幅一杯を埋め尽くす炎の壁。青と赤の炎が激突し、強烈な熱を孕《はら》んだ拮抗を生む。

「おい、下がってろ!!」

ハヤトは対戦相手の少女二人に声を上げる。彼女たちの戦おうという意志は立派だが、巻き込まれて怪我をするだけだ。

少女たちも格の違いを思い知ったか、驚きつつ壁へ張り付いて避難していた。

「……来る」

言葉通り、壁をぶち破り、蒼が詰めてくる。ハヤトは身体強化魔法をさらに重ね掛けし、蒼の近距離の攻勢に備えた。

正面からの蹴撃を受け止めたと思いきや、少年の姿はもうハヤトの後ろにある。

振り返りざまに拳を腕で受け止める。蒼が吐き捨てるように言った。

「地球の全てから加護を受けた魔導士が、まさか炎だけしか使えないわけじゃないだろ?」

「……うっせぇ」

蒼のもう片方の空いた腕から、肘が顔面に向けて迫ってくる。ハヤトは後方へ飛びのくが、すぐ背後に気配。

だが、それはハヤトにもお見通し。側頭部目掛けて放たれた蒼の蹴りを、視界に入れることなく腕で封じる。

ハヤトは首だけを振り返らせ、問うた。

「どこまで知ってる……？」

「さぁ。知りたきゃ本気出せって言ったろ」

「……やれやれ」

ハヤトは笑い、脚を払いのけ、その腕を振り返りざまに蒼へ向けて薙ぐ。

蒼は後ろに飛びのき、ようやく二人の間に距離が出来た。

そしてそれは、魔導士が最も威力を発揮できる距離。

（生半可な攻撃は通らない。しゃーねぇ、一気に攻めるか）

片手を蒼に翳し、呪文を唱える。

「『龍よ……我が眼前の敵を祓《はら》え』」

ハヤトの足元に、巨大な円形の幾何学模様《きかがくもよう》が浮かび上がる。

青色に光るそれは、この世界の住人には見慣れないであろう魔法陣。魔法陣から、巨大な龍の頭が飛び出す。

青の龍は空へと向かい、魔法陣からは細長い胴体が続く。

蛇のような体が闘技場の上空にとぐろを巻いて鎮座《ちんざ》する。蒼はそれを見上げて身構えるが、焦る様子はない。

「『穿て、青龍』!!」

ハヤトが手を上げると、炎で出来た龍はその巨大な口腔を開く。

口の中に収束する炎は瞬く間に巨大化し――

巨大な火球が、蒼目掛けて叩きつけられる。

闘技場ごとフッ飛ばさないように加減はしたが、それでも炸裂する白の閃光にハヤトの視界は埋め尽くされ、轟音《ごうおん》が聴覚を奪う。

第十まである中の、第八階梯魔法『青龍穿星《せいりゅうせんせい》』。

常人なら一生かけて習得するこの魔法を受け、倒せなかった人間はいない。

……少なくとも、人間では、だが。

閃光が遠のくと、轟々と燃え盛る闘技場が残る。あの少年の姿は見えない。

『な、何だぁ!? 目を疑うような攻撃です!! とてもFクラスの少年が放った一撃とは……いえ、学生が放った攻撃とは思えません!! 彼は何者だぁ!? そして小波くんは無事なんでしょうか!?』

観客席と実況がざわめいている。だが、ハヤトは広がる炎の中で、それ以上にメラメラと燃え盛るものを見た。

「第八階梯魔法……常人が一生を懸《か》けて覚え、多くの詠唱と犠牲を払い行使する最高位の魔法、だったかな。それをそれだけの短い詠唱で発動させ、平然とした顔をしてやがる……まさに規格外の魔導士だな」

炎の中から、少年が出てくる。

彼の装衣はわずかに焦げていたが、特に命を削った実感は湧かなかった。

「だったら何で、彼女が救えないんだ」

……如月ハヤトは、自身の背筋が凍ったのを感じた。

多くの死地を乗り越え、多くの強敵に会い、多くの悪意や敵意に晒《さら》されて来たハヤトが、背筋を凍らせたのだ。

それだけ、対峙する少年の瞳に宿る凄みは熾烈だった。

「俺は、お前を超える」

ハヤトには分かった。蒼の目に、確かな殺意が籠るのを。

これ以降の攻撃は、訓練でも見世物《みせもの》でもない。

命を狙ってくる、そう直感した。

「……面白《おもし》れぇ。久しぶりに血が騒ぐぜ」

自身の体に好戦的な血の流れを感じる。手を握り、開き、コンディションを確かめる。

だが、そんな中で、ハヤトはもう一つ気付いていた。

蒼の放つ殺意が、ハヤトには向けられていないことを。

「でもお前、誰と戦ってるんだ？」

ハヤトの問いを拒絶するように、蒼の背後で、細長い一筋の炎が上空へと伸びていった。

☆

それはまるで、花火だった。

一筋の閃光が空へと向かっていき、轟音と共に、その小さな火球に似合わないほどの大きな花を空に咲かせた。

朱莉を含めた観客席の全員が空に描かれた蒼炎の花を見上げている。

「綺麗……」

隣にいる刹那がうっとりとそんな言葉を漏らすが、朱莉にはその花が、口を開いた怪物に見えた。

花を構成する火花の一つ一つが、俄かに動き出す。

膨大なエネルギーを詰め込んだ火球となって、流星の如く、されど意思を持った牙のように、ハヤトへと殺到していくのだ。

最初に飛来した閃光がハヤトにかわされ、地面に堕ちる。嘘のような爆風と熱波が観客席に波になって押し寄せた。倒れそうになった朱莉を、霧矢が支えてくれる。

だが、それは幾千ある火球の一つ目。煙《けぶ》る闘技場に、次から次へと火球が飛来する。

朱莉は目を細めながら戦場を見やる。黒煙の中から、対戦相手の如月ハヤトが飛び出すのが見えた。

暴力的な火の雨を疾走の中で華麗にかわしながら、蒼への距離を詰める。対する蒼も、雨の中へと突っ込んでいった。ハヤトの顔には、不敵な笑み。

拳同士が激突し、闘技場が揺れる。漏れた衝撃が、地面と降り注ぐ炎を広範囲にわたって吹き飛ばした。

背後に飛びすさる二人の少年。しかしそのときには、次なる攻撃が仕組まれている。

両者から放たれた炎が一直線に伸び、激突して空間を焼き焦がす。

『各自「煌神具」を起動して自分の身を守ってください!! 上級生はまだ扱いに慣れていないものをすぐに外へ!!』

教師の鬼気迫る声がハウリング気味に忠告を繰り返す。

力の激突が、観客席に危害を及ぼすと危惧《きぐ》しての判断だ。下級生は慌てふためくものが多いが、上級生たちは慣れた様子ですぐさま『煌神具』を起動して熱波から身を守った。

「ここにおったらマズいんちゃう?」

「だ、大丈夫、私が!!『共鳴れ』!!」

刹那が立ち上がり、起動の宣言をしてから観客席の一番前へと駆けていく。

《『強城《Stronghold》』、Caution》

《接続》

刹那は迷いなく鍵を左手の起動装置に突き刺し、左手を真横に伸ばす。

直後、刹那の目の前に、巨大な要塞の幻影が浮かび上がった。

神代《じんだい》の名残《なごり》を思わせる黄金と白銀で彩られた華美な要塞。正面に構える巨大な門扉がギギギと音を立てて開き、その中から溢《あふ》れ出《で》た金と銀の光が刹那を包み込んだ。

《Welcome to Fiona Server》

要塞の幻影が粒子となって雪の如く散る。その中心で、刹那が金と銀の装衣に美しく彩られていた。

刹那が両手を前に翳すと、観客席と戦場の間の空間が波打った。飛び散った熱波が現れた歪みにぶつかり、消える。

不可視の壁があるのだ。幅も申し分ない。

朱莉たちの周囲にいる下級生たちが落ち着きを取り戻し、上級生たちはほぅと思わず唸る。

朱莉は階段を下りて刹那に並び、思うままに言った。

「すごいね」

「そ、そう？　でもまだ、上手くコントロールできなくて、強度も全然……」

壁が歪んでいるのは未熟の表れなのだろう。だが、この先の期待度はかなりのものだ。

朱莉は自分の安全を確認しつつ、最早原型を失っている戦場を見やる。

ぶつかり合う少年二人。炎がぶつかるたびに耳が痛くなるような音が弾け、闘技場を覆う爆発は留まることを知らない。

蒼の表情は、凄絶だった。熱に晒されつつもどこか寒気を感じて、朱莉は両腕を抱いた。

「何か、今の小波、ちょっと怖いね」

刹那も同じことを感じているらしい。あまりの気迫あふれる蒼の動きに、観客席からは歓声が消え、息を呑んで見守るものが大勢いた。

「……去年の夏、埼玉の方に蒼と出かけたことがあるんだけど」

また炎がぶつかる。地球の中心部をじかに見ているような迫力を前に、朱莉はゆっくりと語る。

「そのときに、たまたまDランクの『トウカツ』の群れが襲ってきたの。私を守るために、蒼がそのとき戦ってくれて」

炎の合間から、蒼の必死の形相《ぎょうそう》が窺《うかが》える。

「……そのときと、同じ顔してる。何かを守ろうとしてるみたいな、そんな顔」

刹那の瞳が不安そうに揺れる。同時、遅れて階段を下りてきた霧矢が目を凝らしながら言った。

「なぁ。あの如月ハヤトって何なんや⁇　あれどう見てもFクラスやないで」

霧矢の言葉に促され、朱莉はハヤトの方を見る。

ゆらりとした余裕のある立ち回りに、急かない表情。この戦いを楽しんでいるようにも見える。あの蒼を前にその顔をするとは、まるで歴戦の猛者《もさ》のよう。

いや、戦いが日常になってしまった男が、久しぶりに日常を取り戻したような顔だった。

「彼、この学校で歴代最低の成績って聞いたけど……授業中もいつも寝てるし」

利那が補足する。

あのハヤトという少年が肩書に似合わず異常なのはそうだが、蒼はどうにも最初からハヤトが強いことを知っていて彼に挑んでいるように見える。

(蒼……一体何を考えているの？)

朱莉が拳を作った瞬間だった。

戦場が、これまでとは一変した姿を見せる。

ハヤトが指揮者のように指を空間に這わせると、彼の左右の空間に奇妙な円状の光が二つ、また現れた。

水色の円と緑の円。

そして、水色の円からは氷の礫《つぶて》が、緑の円からは可視の風が、重なり合いながら蒼に襲い掛かったのだ。

一転して闘技場を覆い尽くす冷気の颪に、蒼の逃げ場はない。

「「な、なに⁉」」

刹那と朱莉の声が重なる。一気に冷えていく空気。棘のある風が蒼の体に裂傷を作り出す。

蒼の手に炎が宿る。火球が風を破ってハヤトへ向かう。

しかし、今度は雷鳴が閃《ひらめ》いた。空から落ちてきた紫の稲妻が火球を上から下へと貫き、爆散させる。実況もこれには困惑していた。

『な、何が起きているんでしょうか⁉ 氷に風、雷に炎⁉ と、登録されている情報では「煌炎」の力のみしか使えないはずでは⁉ 何か別の「煌神具」を用意していたのでしょうか⁉な、何にせよ圧倒的です‼』

みるみる内に蒼が劣勢に追い込まれていき、色鮮やかな攻撃に歓声が増える。

雷霆《らいてい》が唸り、水流が渦巻き、大地が隆起《りゅうき》する。あまりに次の攻撃が読めないし、攻撃同士の間隙《かんげき》がなさすぎる。

それでも、蒼は表情を崩さず、果敢《かかん》にその炎だけで立ち向かった。

再び青龍が姿を現す。叩きつけられる火球。広がる爆炎の中から姿を見せた蒼の額《ひたい》からは、血が流れていた。

朱莉の喉《のど》から、自然と懇願《こんがん》の声が漏れた。

「蒼……負けないで」

彼がどういう理由でこの戦いに臨んでいるのか分からない。

だが、朱莉は彼の必死の努力を間近で見てきたし、彼の今の必死さも分かる。

これまで散々才能の壁に打ちひしがれてきたのだ。彼が勝ちたいと願うのなら、勝ってほしいと朱莉も祈る。

だが。

ハヤトが手を翳し、虚空《こくう》から現れた稲妻が蒼の腹を射貫《いぬ》く。赤い血が飛び散り、蒼が後方に倒れ込んだ。

そのすぐそばに、ハヤトがいた。距離を詰めてきたというより、瞬間移動でそこに現れたようだった。

ハヤトは拳を高らかに振り上げ、そのまま――

「蒼ッ!!」

蒼の顔面に拳を振り下ろした。

☆

確かな手ごたえがある。ハヤトは勝利の感触を確かめるように、倒れ伏す蒼の顔面に突き刺さる拳を引き抜こうとした。

だが、その手が動かない。よく見ると、ハヤトの拳は、蒼の顔面に届く寸前、蒼の右手に止められていた。

「今のを止めるのか。結構やるな」

「どうも。まだまだいけるぞ」

蒼が片膝を折り曲げ、ハヤトの腹に蹴りを突き刺した。ハヤトは衝撃を殺しながら後方へ跳ねる。蒼はゆっくりと立ち上がった。

「そうかな？　今ので分かっただろう。お前が強いのは認めるが、俺には勝てない」

「上からモノを言うなよ主人公。そういう言葉は大人の読者から反感を買うぞ」

「何の話だ？」

「それに俺は、このまま勝とうなんて思ってない」

蒼の目にさらなる凄みが奔《はし》る。彼の左手が徐《おもむろ》に右手を縛る腕輪に向けられた。

カチリ、という音と共に腕輪が外れる。瞬間、蒼の体に、未知の、ぞっとするような冷酷な力が流れていくのが分かった。

「何だ……？」

蒼の目が、水色に染まっていく。蒼の左手首に巻きついた起動装置に水色の電流がはしり、鍵が吐き戻された。

何かが起きる。

『煌神具』と同じ力の体系でありながら、もっと根源的で、荒々しく、おぞましい何かが、目覚めのときを待っている。

「少しくらい犠牲を払わないと、最強には届かないのがモブの性《さが》だよ」

蒼は宙へ舞った鍵を見ずに右手で捕らえた。

水色の電流が蒼の周囲に奔り、空気が淀《よど》む。

そして、純然たる力の歪みの中心で、蒼は力強く唱えた。

「……『狂《バグ》れ――堕天《だてん》、狂化《きょうか》』ッ!!」

聞き慣れない言葉。蒼が再び鍵を突き刺す。

その、ほんの一瞬前だ。

『そこまでッ!!』

切羽詰まったような声で、試合を中断する声があった。

蒼の手が止まり、彼は憎々し気に教師席を見上げた。

「……くそ、やっぱり止めに来るのか」

舌打ち。

蒼は鍵を懐にしまいこみ、外した腕輪を拾い上げた。指抜きグローブの根元に腕輪を嵌《は》め直《なお》すと、少年の目に薄青の色素が戻っていった。

「冥花《めいか》……？」

ハヤトも教師席を見上げる。

マイクを握り締めているのは、校長でありハヤトとは因縁深い羽搏《はばたき》冥花だ。しかし、彼女の視線は、ハヤトではなく蒼に向けられていた。

『選手たちの安全を鑑み、試合のこれ以上の続行は認めません！』

残念がる声と、一息ついて安堵する声が、半分半分というところだった。

『これまでの戦闘で判定し、勝者は如月ハヤトとします!!』

しかし、これには一様に観客席がわっと盛り上がる。

『何と！　勝者はＦクラスの如月ハヤトくん!!　期待のダークホース小波くんを相手にド派手な下克上です！　いやぁ凄まじい戦いぶりでした!!』

すごい、すごい。

そんな賛辞が、ハヤト目掛けて降《ふ》り注《そそ》ぐ。

だが、ハヤトの意識はそんな賛辞をすり抜けて、修羅の如き力の影を匂わせた蒼にだけ向かう。

「……悪いな、変な勝負吹っ掛けて。ただ、力を試したかっただけなんだ。お前なら、全力でぶつかってもいいと思ってさ」

蒼が土埃《つちぼこり》を払いながらハヤトに言う。今見れば、何てことはない普通の少年だった。

その言葉のどこにも、先ほどまでの好戦的な戦士の香りはない。

蒼に求められるまま軽く握手を交わす。素朴な少年は友人らしき生徒たちに手を振りながらのんびりと出入り口へ歩いていく。

「…………」

その最中、蒼がふと、ルイの顔を見つめていた。

彼の真摯な横顔に、ハヤトは決意の漲りを感じた。

かくして、ハヤトは三回戦に駒を進めることになる。

「……やれやれ、面倒なことにならないといいけどな」

彼のその言葉が、叶ったことはない。

第五章

遠のいていく光に魅せられて

呑気《のんき》な日曜日の昼下がり。

蒼《あおい》は今日、刹那《せつな》と課題を終わらせるべくとある喫茶店に足を運んでいた。

明日から学年別トーナメントの三回戦が開始されようとしている中、休みだというのに学校へと鍛錬へ向かう三回戦出場選手たちとすれ違いながら喫茶店に来た蒼の心情は、さながら自分の学年だけ学級閉鎖になって登校する他の学年の子を窓から眺める小学生のものであった。

この後、メインヒロイン白峰琴音《しらみねことね》と主人公如月《きさらぎ》ハヤトの熱い三回戦があるわけだが、蒼にはそれほど興味のあるイベントでもないし、蒼自身惜《お》しくももう出番はないので、普通の学校生活に戻って来たようなものだ。

刹那はまだ来ていない。蒼は店の奥の四人掛けテーブルに一人腰かけてメニュー表を眺めている。

客足は多いが、皆会話には落ち着きがあり、奥行きのあるジャズのBGMがしっとりと心を落ち着かせる。コーヒー豆をミルで挽《ひ》く音に乗って、豆やエスプレッソの香りがやってくる。

「いらっしゃいませー」

カランカラン。そんな音とともにまた、紳士や淑女が来店する。

と、思っていたのだが。

「まったく、ほんとにアンタって男は！　三回戦、殺されないといいわね」

「ふふふ、まさかあの白峰琴音ちゃんの胸を鷲摑《わしづか》みにして、カンカンに怒らせちゃうんだもんね。どれだけの女の子の胸を揉《も》めば気がすむんだこのスケベ～」

「わざとじゃない……」

まさかの幼馴染三人組の登場である。シナリオにない場所での遭遇は、中々驚く。

トップアイドルのセナと早乙女《さおとめ》家のルイ、そして件《くだん》のトーナメントで話題を掻《か》っ攫《さら》ったハヤトの三人の入店は、静かなジャズの奥で不可視の意識の集中を招いた。

彼らは遠くの窓際に座り、店員が軽快なステップで注文を取りにいく。

……軽快なステップ？

「しゃっせ～！　おー、皆お揃いじゃ～ん！　注文どうする？　アタシのおすすめはね～」

「出たわねギャル女」

「ちょっとぉ、疫病神《やくびょうがみ》みたいな言い方しないでよ～」

「ミミア、ここで働いてたのか」

「そっ。どう？　似合うでしょこの制服。見惚《みと》れちゃうなよ～？　あ、でもこの前みたいにス

カート引きずり下ろしたりするのはなしだかんな！」

「あれは事故だ！　変な言い方しないでくれ……」

「そうそう。毎日起きる事故なのよね」

全く物怖《ものお》じしないと思えば、セカゲンのピンク担当、羽搏《はばたき》ミミアのご登場である。

そういえばこのころから、主人公一行に彼女は付きまとっているのだった。

中世のメイド風の制服を纏《まと》った彼女がくるくると回り、セナが可愛《かわい》い可愛いとニコニコ手を打っている。

何だか、眩《まぶ》しい。窓の近くで光が差す彼らと、店の奥にいる蒼には、確かな明暗の差があった。だが、それだけではない。

彼らが放つ力強いエネルギーとか、オーラとか、そんな華やかな何かが彼らの周囲を明るく彩っているのだ。

店の奥にいる蒼の周りは暗く影が差してどこか陰湿《いんしつ》で、あれだけ雰囲気《ふんいき》を出していたコーヒーの香りすら今はかび臭《くさ》く思える。

彼らはいつだって世界の中心で、蒼はいつだってモブであった。

あの光に届こうともがくのは、身の程知らずなのかもしれないと、心のどこかで思ってしまう。

「ご注文はお決まりですか……って、蒼……！」

注文を聞きにきた店員が固まっている。

見上げると、その店員は朱莉《あかり》であった。喫茶店で働いているとは言っていたが、まさかミミアと同じ店だったとは。

メイド服を身に着けた彼女は、頬《ほお》を赤らめ、片目だけで蒼に抗議の視線を送りつけている。

注文票を握《にぎ》り締《し》めて顔を寄せ、朱莉は小声で言った。

「どうして来たの？　私のバイト先には来ないでって言ったじゃん」

「あー。言われたけど、どこがバイト先かは聞いてないと思うな」

そう言われると、朱莉は目を少し丸くして、確かにと顎《あご》に手を当てた。

蒼は、言葉を付け足す。

「でもその制服、似合ってると思うよ」

「…………バカ蒼。もういいから早く注文してよ」

朱莉の顔がポッと赤くなる。制服姿を身内に見られるのがよっぽど嫌だったのだろう。

急《せ》かされるままに、蒼はメニューの文字の上に手を這《は》わせた。

「じゃあ、オリジナルブレンドを」

朱莉から、返事はなかった。

顔色を窺《うかが》うと、朱莉は不思議そうな顔で蒼を見ている。

「蒼、コーヒーなんて飲むんだ」

「え？」

「あんな苦くてマズいもの一生飲まないって、言ってたから」

「あー、ちょっと、チャレンジしようと思ってさ」

「……ふーん。じゃあ、ブレンドね。ちょっと待ってて」

朱莉が怪訝《けげん》そうな顔で店の奥へと引っ込んでいく。危ない。他人の人生のレールの上を行くからには、もう少し何事も慎重にいかなければならない。

「しゃっせ～！　あ！　ねーちゃん!!」

今度は入り口の方で声が上がった。

幼馴染三人組のテーブルに居座っていたミミアが、入店した人の顔を見てパァッと顔を明るくしている。入店してきたのは蒼のクラスの担任でもあり学校長の冥花《めいか》先生だ。

ハヤトとセナが会釈《えしゃく》をし、ルイは律儀に立ち上がって軽く頭を下げた。冥花先生もこの心地のよい昼下がりをここで満喫《まんきつ》しようということなのだろうか。

会話を交わす主要キャラクターたち。蒼は相変わらず影の空気を吸い込んでいる。

窓から差し込む光が、なおさら強くなったような気がした。

やはり、冥花先生のような主要キャラクターは、ハヤトたちのような人間と関わるものだ。

一介の生徒である蒼には、関わりなど――

「――少しいいですか、小波《さざなみ》くん」

改めてメニュー表でも見るかと伸ばした手が、止まる。

蒼の席のすぐ側《そば》で、他ならぬ冥花先生が、蒼を見つめていた。

「は、はい、もちろんです」

蒼は突然のことにどもりつつ席を立って向かいの席に冥花先生を促《うなが》す。

先生が自分に何の用事が？　と疑問が過《よぎ》るが、その理由に蒼はすぐに思い当たった。

喉《のど》が渇《かわ》いた気がする。唾《つば》を飲み込むが、喉は潤《うるお》わなかった。

丁度朱莉がコーヒーをトレイに載せてやってくる。冥花先生を見るなり、彼女はビタッと動きを止めた。

コーヒーの水面《みなも》が揺れる。

「こ、校長先生……ッ!!」

「こんにちは、小波朱莉さん。精が出ますね」

「は、はぁ……覚えていただけて恐縮です……」

確かにすさまじい記憶力である。

まだ学期が始まったばかりだと言うのに朱莉のことを知っているとは。この調子だと、一年生全員の名前を諳《そら》んずることが出来るのではないだろうか。

朱莉が下げた頭を上げ、恐る恐る尋ねた。

「あ、あの……うちの兄が、何か……？」

「いえ、担任として、将来有望な小波くんに進路の話を早いうちからしておきたいというだけですよ。あなたのお兄さんはとても素晴らしい。私も同じものをお願いします」

「は、はい!!」

朱莉は安心した笑みを浮かべ、少しだけ足を弾ませながら厨房へオーダーを通しに行く。

その実、彼女がそんな理由で蒼に会いに来たわけではないことを、朱莉は知る由《よし》もない。

「ちょっと、失礼」

この店は冥花先生のためにあるようなものである。何せ、今の時代に禁煙でも分煙でもないのだ。

懐《ふところ》から煙草《たばこ》の箱を取り出し、そこから飛び出した一本を口に咥《くわ》えた。

ライターを擦《こす》る音を聞きながら、冥花先生のおしとやかな見た目とは裏腹に煙草を吸うギャップが人気を博した理由を目《ま》の当《あ》たりにする。

コーヒーがやって来るまで、冥花先生は黙って神妙な顔で煙草をふかし続けた。

蒼は煙草の臭《にお》いはさほど嫌いではないので、天井へ上がっていく白い煙をぼーっと見上げながら冥花先生の言葉を待つ。

朱莉が少し嬉しそうなままやってきて、コーヒーを冥花先生の前に置き、立ち去っていった。

「………私は、弟子を取った覚えはありません。とても、危険な流派ですから」

ゆっくりと言葉を紡《つむ》ぎ始める漆黒《しっこく》の美女。

薄紫と水色の虹彩《こうさい》が咎《とが》めるような視線を蒼へ向ける。

流石《さすが》に大物だ。首元にナイフが添えられているような緊張感がある。

「あのとき、私が試合を止め、あなたに敗北の判定を下したのは他でもありません。あなたが、明らかに学生の範疇《はんちゅう》を超える危険な力を使おうとしたからです。……いえ、あなたが使おうとした力は、人間の範疇すらを軽々と超えている」

白煙の向こうにある顔は、美しくも研《と》ぎ澄《す》まされている。蒼の心に入り込むような鋭利な視線は、返答次第でもっと危うくなるかもしれない。

彼女は、鋭い警戒の本質を問うた。

「そしてその力は、この世界で私しか知らない力です。あなたは何故《なぜ》、それを知っているんですか?」

☆

時代は常に進む。文明は進化する。

歴史は踏み台になり、過去は未来に劣る。

同じだ。

物語は前へ。そして、力は強くなる。

主人公は戦い、敵を倒す。新たな戦いが幕を開け、新たな強敵が姿を現す。

その強敵が、前に主人公に倒された敵より弱いはずがない。

物語は、そうやってインフレーションを起こすのだ。

ある日、『外れ者《ガフ》』の限界を知った小波蒼。しかし、彼は、モブに生まれ落ちながら、ただ一つだけ、特別なものを持っていた。

それは、物語のその先を知っているということ。彼は今から二年先までの物語を熟知していた。二年後には、容易《たやす》く地図を書き換える天災クラスの強敵が何人も現れる。

彼らは圧倒的な『煌神具《コスモギア》』の力で主人公の前に立ちはだかるが、ときに『煌神具』という設定に肉付けする形で強大な力を得たものたちがいる。

例えば、『対剣《ダブル》』。

『煌神具』を二つ装備することによって、さらに大きな力を与えるものだ。

だが、相当に鍛《きた》えていなければ二つの力に耐えることは出来ず、短時間の使用で死亡したケースもあり、現在では国際法によってわずかな特例を除《のぞ》き使用が禁じられている。

例えば、『毒神具《デルタギア》』。

『聖素《カナン》』から作られる『煌神具』に対し、『トウカツ』を構成する『死素《ゴブル》』から作られた装置だ。

力はすさまじいが、精神は汚染され、最悪の場合は力に飲み込まれて人間でいられなくなることもある。

そして――

「その右手、見せてください」

冥花先生が促《うなが》すまま、糸に吊られたように蒼は右手をテーブルに乗せた。右手には、指抜きグローブがしっかりと嵌《は》められている。

「……はい」

冥花先生の手を煩《わずら》わせるのも忍びない。元よりこうなることは分かっていたのだ。

そう考え、言われる前に蒼は自らグローブを外した。その手を見つめながら、冥花先生は言う。

「……あなたはあのとき、『堕天狂化《だてんきょうか》』と口にしましたね。それは、私が名付け、『トウカツ』以外の前ではほぼ口にしたことのない言葉。あなたは私からそれを盗んだ。私と同じことをする無謀な人間がいたとして、名前まで同じなんてことありませんからね。一体どうやって盗んだんですか？」

彼女の口調は怒気を孕《はら》んではいないが、どうにも息が詰まる。体を見えない鎖《くさり》が縛っているようだ。

「言っておきますがそれは、学生が思いつくような力でもなければ、人間が気軽に手を出していい力でもない」

蒼は口を噤《つぐ》みながら、自身の手の甲を見た。

水色に変色した手の甲。掌《てのひら》も同じように変色していた。

……それは、『堕天狂化』と名付けられている、羽搏冥花だけが使っている力。

イヴェルシャスカの槍は、『死素』と『聖素』という力に枝分かれする前の、水色をした『真空素《ユヴィン》』という未知のエネルギーの集合体を纏っている。

『真空素』の持つエネルギーは凄《すさ》まじく、それに近づくことは研究機関の見識深い関係者以外では不可能だ。

『堕天狂化』とは、枝分かれする前の『真空素』を体内に取り込み、コンパスに磁石を近づけると機能が暴走する要領で、使用した『煌神具』をバグらせる、というものだ。

『真空素』は並々ならぬ力、制御できなければ一瞬で命がもぎ取られる。しかし、暴走した『煌神具』の力は大地を轟《とどろ》かすほどのものだ。

蒼は、物語の後半で現れるその力を、冥花先生以外でこの時点で知っている唯一の人間であった。

天井にぶつかった蒼は、その力を欲したのだ。蒼の右手には、イヴェルシャスカの槍の小さな、小さな欠片《かけら》が埋め込まれている。

「それに、あなたの『堕天狂化』は未熟です。その腕輪で、辛《かろ》うじて『真空素』の力を制御し

ている に過ぎない」

冥花先生の瞳を見る。彼女の、水色の瞳。

そこに今、制御下に置かれた『真空素』が滞留している。彼女はイヴェルシャスカの槍の一部を喰らい、その力を左目に集めて制御しているのだ。戦闘時だけ、その力を解放して敵を殲《せん》滅《めつ》するために。

正直言って、人間のなせる業《わざ》とは思えない。自分の体の一部でもないエネルギーを左目に集めて制御下に置いて抑え込むなど、今も辺りを舞っている煙を掌の上に集めて自由自在に操るようなものだ。

対して、蒼は右手につけた腕輪で『真空素』の力を弱めているに過ぎない。

彼が身に着けているのは訓練所の大人たちのコネを手繰《たぐ》り寄せて造った特注品で、『真空素』の影響を弱める防護服の技術を転用したものだ。

腕輪の値段は優に百万円を超える。蒼は、違法な地下闘技場でこれを手にするための戦闘を幾度となく繰り返してきた。犯罪になろうが、止まるわけにはいかなかった、それだけの話である。

蒼は、冥花先生の顔を強く見返した。正直に話すか、誤魔化すか。

前者は、正直に言ったとて、信じてもらえるとは思えない。後者は、出し抜けるほど、冥花先生は甘くない。

結果、蒼の選択は中途半端ではあったが、最善であった。

「……確かにぼくは、冥花先生から『堕天狂化』の知識を盗みました。その理由は、どうしても話せません。そして、冥花先生に腕を斬り落とせと言われようと、ぼくはこの力を手放す気はありません。才能に見放されたぼくにはどうしてもこれが必要なんです」

冥花先生は煙草を嚙《か》む。物語の内側に座する存在の力強い圧を前に、蒼は拳を握り締めて耐える。

「いいですか。確かにこの実力社会では、同情を禁じ得ない才能の差があります。しかし、その力でトーナメントを勝ち残ろうとも、名誉にはならない。己の寿命を縮《ちぢ》めて誉《ほま》れを得ようとする戦士など、ただの自己満足の愚か者です」

「ぼくは誉れが得たくて如月ハヤトの前でこの力を使ったんじゃありません。ぼくがどうしても倒さなければいけない敵が、如月ハヤトより強かった。だから、先《ま》ずは彼を倒して、自分の実力を確認したかったんです。彼は特別です、だからこの力を使いました。他の誰が相手だろうと、この力は使わなかった。誓います」

「……倒さなければいけない敵とは、何です。まだ若いあなたに、不倶戴天《ふぐたいてん》の仇《かたき》でもいると言うのですか？」

「います」

蒼は即答した。

それくらいは、話しても差《さ》し支《つか》えないだろう。

「先生。もし……最愛の人が、必ず死ぬ運命にあるとしたら、先生ならどうしますか？」

「？」

「そう……例えば、本を何度読み直しても結末が変わらないように。自分の一番愛した人が、遠くない未来に誰かに殺されることが決定していたら」

蒼はコーヒーを口に運ぶ。

豆が違うのか、はたまた転生して他人になって味覚が変わったせいか、その一口はとてつもなく苦かった。

「もし自分が、それを変えられるかもしれない唯一の人間だったら、どうしますか」

冥花先生の整った眉がわずかに動く。

「自分以外の全てがただ一つの結末に向かう中で、自分だけが別の道に向かうための特異点になれるかもしれなかったら。もし自分に微力しかなく、才能もなく、世界の片隅にいたとしても、自分の愛する人が死なない未来を作るために怨敵《おんてき》を斃《たお》さねばならないのなら、ぼくなら、何をしてでも、その敵を斃します。先生も、そうしませんか？　ぼくは、そうします」

冥花先生の瞳が見開かれる。

彼女には、蒼の話は理解しやすかっただろう。死にゆく大切な恋人を守るために、『堕天狂化』という外法《げほう》の力に手を出した彼女には。

ピピピ、と場違いな音が鳴った。冥花先生は少し不機嫌そうに自分の携帯の着信に応えた。

「はい……はい。分かりました。それでは十分後に」

どうやら、呼び出しのようだ……そういえば、彼女の予定は分刻みだと作者が言っていた。この息苦しい尋問もこれ以上続くことはないだろう。

コーヒーをもう一口飲む。やはり苦いままだ。

「……あなたの言うことを、私は半分程度しか理解していません。しかし、あなたが何か、危険なことをしようとしているのは分かります」

「ぼくを、どうするおつもりですか？」

立ち上がった冥花先生を見上げる。

「私が理解できた半分は、あなたが誰かを救いたいと強く願っているということです。あなたのその気持ちを、曲げさせることは出来ないでしょう……私も、若いころは自分の目的のために周りの制止を無視してきた血気盛《けっきさか》んで青い小娘でしたから、分かります」

今も若いですよ、そんな言葉が思いついたが、彼女にそれを言うにはあまりに恐れ多いし、場違いだった。

「その討つべき敵とやらについて、そしてあなた自身のことについて、また聞かせてください。私もこう見えてFND《フオンド》のエースでしたから。あなたの力になります」

蒼は面食らう。正直、権力だのなんだのを行使して蒼の動きを封じ込めに来るのかと思って力になる。

その言葉には、温もりが込められていた。母の抱擁《ほうよう》を受けるような気持ちに、頬が痛くなる。

この人にならずっと抱えてきたものが話せるかもしれない、そうも思えた。

何より、モブを自負《じふ》する蒼に、メインキャラからの厚い気遣いがあったことが、嬉しかった。

「い、いいんですか？」

「私は、あなたの担任の先生ですよ、小波くん。あなたに危険な真似《まね》はさせません。それと、あなたの言葉を疑う気はないですが、その力は絶対に使わないように。では私はこれで。また学校で会いましょう」

冥花先生は煙草を灰皿に押し付け、それから「支払いはこちらでやっておきます。これから来る人の分も出しておきますから、お好きに注文してどうぞ」と言葉を残す。

「いいですよそんなこと‼」

「今言いましたけど、私はあなたの担任の先生。まさか、生徒と教師で割り勘《わかん》なんてできないでしょう？　では」

冥花先生は黒髪を揺らしながら去っていく。彼女の吐き出した煙だけが、まだそこに残っていた。

すれ違いで、利那が店に入ってくる。ぺこぺこと冥花先生に頭を下げていたが、やはり冥花先生は刹那のことも把握《はあく》しているようだった。

どぎまぎし終えた刹那は蒼を見つけて小さく手を上げた。

「ごめんね遅れちゃって！　ちょっと準備に時間かかっちゃって……」

「大丈夫。俺も来てから全然経ってないよ」

刹那が席に座り、それから咳《せ》き込《こ》んだ。

「何か煙草臭いね」

そう言ってから、刹那は側に置かれた灰皿を見下ろす。煙草が一つ、転がっている。

「……小波、煙草吸ってる？」

「そんなわけないだろ、冥花先生とちょっと話がね」

「えーすご！　なになに、進路の話？」

そう言って二人で笑い合う。その隙間に、蒼は店の入り口の方を見やった。

くすくすと上品に笑う金髪の少女。その青の瞳は、相変わらずハヤトのことを一途に見つめていた。胸のざわめきを宥《なだ》めながら、思う。

（ルイ。俺が――俺が必ず、きみを救ってみせる）

☆

最近、何だか友人の様子がおかしい。

といっても、最近というのは、今から二年ほど前からになるのだが。

「おはよぉ」

「おはよう、刹那」

あくびを噛み殺しながら化粧台の前に腰かける刹那。ルームメイトの朱莉はもう制服に着替え始めていた。

その鍛《きた》え上《あ》げられた細身のスタイルを眺《なが》めながら、彼女を入学初日にルームメイトに誘えて助かったと改めて思う。

乙女の支度《したく》は時間が掛かる。刹那はのんびりと準備を進めながら、その間に例の様子のおかしい友人について思いを馳《は》せることにした。

その友人の名前は、小波蒼である。

☆

火威《ひおどし》刹那は、引っ込み思案だ。

仲のいい友人には比較的明るく接することができるが、友人の友人と話す機会とか、クラス替え初日とか、そういう場面では中々前に出ることが出来ない、そんなきらいがある。

そこそこに生きて、そこそこに終わる。

そんな生き方も悪くないと思う。

友達も辛《かろ》うじているし、幸い才能にも恵まれて胡坐《あぐら》をかく余裕もあった。

だが、教室の中心で輝くものたちを見ていると、目を背けたくなる。

そんな、どこか劣等感と鬱屈《うっくつ》さのある人生。夢も、前へ生きる気力も足りない。

ハッキリ言って、輝かしく生きるものが羨《うらや》ましい。

さて、彼女には小学生時代から付き合いのある友人がいた。

その内の二人が、今も同じ高校に通う風間《かざま》霧矢《きりや》と小波蒼である。

利那は昔から霧矢のことを想い、一度はフラれた身であるのだが。

そんな彼女が今、蒼のことが気になって仕方がないのであった。

☆

「やっ!!」

放課後、体育館で武術に励《はげ》む利那。お相手はもちろん今現在唯一の女友達である朱莉だ。

彼女の放つ蹴りはきちんと武術の域《いき》に達している。利那の喧嘩《けんか》ごっこの動きとはわけが違う。

よろめきながら辛くも蹴撃を防ぎつつ、利那はちらりと体育館の中央を見た。

第五章『遠のいていく光に魅せられて』

「小波、ちょっと教えて欲しいんだけど……」

「あ、もちろん！　俺でよければ」

「小波くん、ちょっと練習見てくれない？」

「おっけー、いいよ」

蒼が、色んな人に囲まれて教えを乞われている。

小波蒼。幼馴染の一人だ。

刹那と同じオタク趣味を持ち、小学校高学年のころからよくアニメやライトノベルの話をしてきた趣味の合う少年である。

言ってしまえば地味な少年だ。

中肉中背で顔つきも普通。前に出ることが苦手で、才能にも恵まれていない。

揃って教室の隅で陰の空気を呑《の》んでいた仲間たちの一人である蒼。教室の真ん中にいる輝かしいものたちを小さく僻《ひが》み、妬《ねた》み、羨み、憧れていた、彼が。

最近、随分変わってしまった。

きっかけは、彼が横浜で『トウカツ』の襲撃にあってからのことである。

目を覚ました彼は、「聖雪《せいせつ》に行く」、そんなことを口にした。

夢を見る権利は誰にでもあるが、夢を見るにしても現実をわきまえるべきだ。誰しもがそう思った。だが、蒼はその一年後、ＦＮＤ職員の父親すらを超えて聖雪への切符を手にしていた。

彼の努力は凄まじかった。

部活なんて時間の無駄、青春なんかになり得はしない。

そう吠えていた人間とは思えないほどの打ち込みようで、彼はどんどん強くなっていった。

教室の中心にいる不良のいじめの標的にならないでくれ、利那がそう祈っていた日々の中で、蒼はその不良をいつしか一撃で沈めてしまった。

教師からも、親からも、他校のスカウトからも一目を置かれるようになっていった蒼。

そして、一年前にはかの名高い大会CJCでベスト8。

今では、如月ハヤトの下克上に話題を掻《か》っ攫《さら》われていはすれど、Sクラスの中では彼を認めているものも多いという。日本で一番の名門、聖雪のSクラスでだ。

友人もあのイベント以降多くできたようだった。

「小波くん、少しいいですか?」

体育館がざわついたのが分かった。

見た目も、技術も、礼儀も、全てを兼《か》ね備《そな》えた絶世の少女、白峰琴音《しらみねことね》が体育館に現れたのだ、無理もなかろう。利那自身、彼女が視界の隅《すみ》にほんのわずか映るだけで、視線を吸い寄せられてしまう。

その琴音が、なんと蒼に向かって声を掛けていた。

「私の訓練にお付き合い願えませんか?」

「……俺でよければ、喜んで」

琴音が蒼に頭を下げ、周囲から小さな歓声が上がる。強者同士のエキシビションだ。

自然と体育館の中心に空間が出来る。両者が距離を取り、呼吸を整えた。

「お手柔らかに頼むよ」

「ふふ、こちらこそ。では……行きます‼」

琴音が構え、地面を強く蹴る。蒼の側まで距離を詰め、足を側頭部へ向けて振り上げた。

生身の攻撃でありながら、パァン、と嘘《うそ》のような音がした。

蒼が腕で防いだのも束の間、琴音はその場で跳躍してもう一度蹴りを放つ。蒼はそれを再度腕で防ぎながら、体勢を崩すことなく続く攻勢に備えた。

「すごいなぁ……」

利那は呆然《ぼうぜん》と呟《つぶや》く。蒼は、本当に変わってしまった。

利那には、教室でも社会でも、どこにでもある光と影が見える。蒼は今、眩《まばゆ》い光の中にいた。

……ずっと、同じ陰の中にいると思っていたのに。

「えい」

「いたッ！」

朱莉のデコピンが、利那の額《ひたい》を弾《はじ》いた。どうやら、完全に動きを止めていたらしい。

「もう。よそ見しちゃだめ」

「ご、ごめんね……ははは」

咎《とが》めつつも、朱莉は利那の視線を追った。琴音と対等に渡り合う蒼を見て、それから朱莉はまた利那を見た。

「蒼？」

「う、うん。小波、随分変わったな～って」

朱莉もそのことに同意のようだった。

利那の心中を察したのか、朱莉は問うた。

「淋《さみ》しいの？」

「え、そう見える？」

「うん。私も、似たような気持ちだから、分かる」

蒼を見る朱莉の瞳が少し揺れていた。

同じ心の持ち主を前に、利那の心が緩《ゆる》む。

自然と言葉を口にした。

「淋しいというか、羨ましいというか。よく分からないんだけど、昔は同じ陰《いん》のグループにいて、世の中の不平等とか、色んな格差とか、そういうものに対して一緒に斜《しゃ》に構えてかっこつけてたのに……いつの間にか、小波は私たちが見下してるふりをしていた光の中で、とっても綺麗に輝いてるように見えて」

蒼が琴音の徒手空拳《としゅくうけん》をことごとく凌《しの》いでいく。その防御は揺らぐことはない。

琴音の汗がきらりと軌跡を残し、目の前の強敵に対して口元が不敵に歪む。

美しい。琴音も、蒼も、その形容に違《たが》わない。

「昔は一緒にバカやってた友達が、どんどん遠くに行ってしまったように感じて、少し淋しいかな。でも、それだけじゃなくて」

「うん」

一撃が繰り出される度におお、と観客と化した生徒たちが盛り上がる。

刹那は続けた。

「私は、自分の生きる場所はここって決めて、そこから抜け出せない自分を慰《なぐさ》めてた。居心地は悪くない場所だけど、どこか空気が淀《よど》んでて、ほんとうはそこじゃない場所に行きたいって願ってた。ちょっとした勇気で変わるのに、その勇気がすごく大きな一歩で、踏み出せないまま生きてた。でも小波は、私が一生身動きが取れないと思ってたその場所から、踏み出していった。それがすごく……」

飛びすさる蒼。ちらりと見えた腹筋に、長年の鍛錬《たんれん》の成果が表れていた。

顔に熱が籠《こも》る。

「かっこよくて、憧れるんだ」

しゅん、と訪れる沈黙。見れば、朱莉の頬がわずかに紅潮している。

ようやく、刹那は自分がとんでもないことをぺらぺら喋《しゃべ》っていることに気付いた。

「あ、で、でもほら!! 恋愛感情とかそそそういうのじゃなくて!! 何か、何か! 尊敬してるっていうか!! それだけで……!!」

必死に誤魔化す刹那。頷《うなず》く朱莉。

しかし、憧れ以上の感情を持っていることは、自分自身が一番分かっていたのである。

☆

放課後の、夕暮れ時。

Fクラスの生徒たちは過酷な訓練にバテ気味で、教室から出ることすら放棄《ほうき》して休息に耽《ふけ》っている。そんな彼らを労《いた》わるように、苦笑いしながら優しい口調で担任の先生が「早く帰りなよー」と促していた。

そんな疲れ果てた教室に、今日も今日とて彼の声は冴え渡る。

「俺、小波蒼!! よかったら一緒に帰らないか!?」

「もう！！！！！！！！ アンタが夢に出てきたら訴えるわよ!!」

茜色《あかねいろ》の陽光が窓から差し込み、金髪の少女が髪を逆立てていた。いつもの光景である。

ルイが幼馴染のメンバーと教室を出て行き、取り残された蒼から悲愴《ひそう》な空気がこれでもかと溢《あふ》れている。

恋愛をするなら、その相手に好きな人がいない方が成功率はぐっと高いだろうが、残念ながら恋の病はそんな打算的にはいかないものである。

「ははは、毎日毎日いいねー少年!! 頑張れ～!!」

陽気に笑いながら項垂《うなだ》れる蒼の肩をバシバシ叩くクラスのギャル、羽搏ミミア。

「そだっ、アタシのライバル減らしてくれたらパフェ奢《おご》ったげる」

そんなことを耳元で呟いている。距離が近い、刹那としてはかなり不愉快だ。

対して蒼は初対面かつ苦手な属性だろうに、ミミアと分《わ》け隔《へだ》てなくいくつか会話を交わしていた。

刹那は慌てて支度をして、教室を去ろうとする蒼を追いかけた。

「小波、一緒に帰ろッ」

「おっ。もちろん」

旧知の友人に話しかけるのに緊張しないといけないのは何故だろう。

遠のいていく彼に、よそよそしさを感じてしまったからだろうか。

刹那は、遠回りをして帰ろうと言った。

半刻後、二人は赤く染まる大きな河川の土手を歩きながら、会話に花を咲かせていた。

普通の会話だ。授業で先生がこんな雑学を言ったとか、テストが嫌だとか、年頃の少年少女のありきたりな話題。刹那は、そんな会話の中で、ふとこう言った。

「小波は、すごいなぁ」

蒼は首を傾《かし》げる。刹那は頬を掻きながら、照れ臭さを隠しつつ続ける。

「何か、いつの間にか、すごい立派な人になっちゃったもん。気が付いたらＣＪＣでもベスト８で、この前のトーナメントでも強いって噂《うわさ》のごろつきを一撃。もうＦＮＤのスカウトも来たんでしょ？　クラスでも練習に引っ張りだこらしいし、ほんとにすごい」

「いやぁ……」

直球で褒めすぎただろうか。蒼の顔が赤く見えるのは夕日のせいではあるまい。

「どうして小波は、そんなに頑張れるの？」

横顔を覗《のぞ》き込《こ》む。

蒼は少し考えながら、鳥の声と車のクラクションがいくつか鳴った後に、ゆっくりと語り始めた。

「……俺はずっと、ぼんやりと生きてきたから」

記憶を振り返る彼の瞳は、一体どこまで遡《さかのぼ》っているのだろうか。

きっと、この燃えるような赤い空よりも、遠い場所であろう。

「必死に生きている人を馬鹿にして、これまで歩んできた道に後悔をちょっとずつ残しながら。でも、あるとき気付いたんだ。人生は一度しかないんだって。自分が残してきた後悔は、最期《さいご》にもっと大きなものになって返ってくるって」

そう語る蒼の表情は真剣だった。まるで、一度本当に死んだ人間が、暗闇の中で後悔を詠《うた》うような、そんな表情。

「俺はそれを痛烈に味わった。だから、自分の価値や才能を自分で決めつけて、ほんとうにやりたいことやなりたい自分から逃げて、自分の生き方を甘く位置付けてちゃいけないって思ったんだ。何事も、必死に生きているやつが一番幸せなんだ。なんて、そこらのドラマで口酸っぱく言ってることかな」

「ううん。何だか小波、すっごく大人」

ありがとう。そう笑う蒼の顔は、今すぐに体を密着させたいという劣情に駆られるほど優しかった。

それを知ってか知らずか、カップルを囃《はや》し立《た》てるような演出をしてくる美しい夕日が憎たらしい。

「俺は、後悔を残して生きたくない。好きな人が出来たなら、絶対に諦めない。友達がたくさん欲しいなら、全員と友達になってやる。……俺は、一秒一秒を後悔のないように噛み締めて生きる。それを下らないと笑う奴は、後悔しなきゃいけないことにも気付かない腑抜《ふぬ》けた人間なんだ、昔の俺みたいにな」

「そっか」

刹那の返事は短く簡潔であった。だが、その言葉の中には、自分の価値観を見直したり、蒼の思いを受け止めたり、多くの思いが入り混じっていた。

「私にも……」

自然と、立ち止まる。遠のいていくかに思えた蒼は、しっかりと立ち止まって刹那を振り返った。

「私にも、出来るのかな？　小波みたいな生き方」

子どもが側を走り過ぎる。遠くの橋の上を、電車が駆け足で過ぎ去っていった。

新緑の草花の香りが夕暮れの風に乗ってくる。

蒼が静かに頷いた。

「誰にだって出来ること。でも、大部分がやらないこと。皆、人生の一回目……気付かないで生きてしまうこともあると思うけど、本当に、誰にだって出来ることなんだ。だって、俺にだって出来た」

刹那は蒼の笑顔を見て自分が笑ったのが分かった。

風が、また通り過ぎていく。刹那は蒼に向かって歩いた。

☆

翌日、また放課後がやって来た。

刹那は両肘を立て、掌の上に顎を乗せて物憂《ものう》げな表情だ。

蒼の言葉を咀嚼《そしゃく》し、反芻《はんすう》し、自身に発破《はっぱ》をかけ、今自分が一番後悔しそうなことは何だろうと考える。

「……うん」

ズバリ、この友達の少なさだろう。

刹那は本を読むのが好きだ。それに蒼や朱莉、霧矢もいる。

そう自分を納得させようとしていたが、教室で戯《たわむ》れる少女たちを見て、羨ましくないことがあろうか。

「俺、小波蒼!!」

「だ―――!!　毎日毎日ホンッッットにしつこいわねアンタ!!」

もはやFクラスの生徒の大多数が蒼の味方である。先生すら蒼がフラれる度《たび》に自身の青春を振り返るような表情をする。

いつの間にか蒼のSクラスの友人たちも冷やかしにくるようになって、このイベントも随分

第五章『遠のいていく光に魅せられて』

賑《にぎ》やかになったものだ。そんないつものやり取りが終わり、教室が閑散《かんさん》としてくる。

誰から話しかけようか。既に出来上がったコミュニティに首を突っ込むのは勇気が要《い》る。

利那がそんな思案をしていると、教室の床に可愛らしい落し物を見つけた。

いつもなら他人任せにしてしまうだろうが、あの後味の悪さは好きじゃない。

利那は立ち上がり、床にぺしゃんと横たわる水色のハンカチを手に取った。

（そうだ、これ女の子のっぽいし、この子と友達になってみよう）

ハンカチを見回して手がかりを探す。可愛らしいハンカチだ。

下の方に子どもっぽい波が描かれ、その上を小さな船が遊覧している。

あった、イニシャルだ。

『S．rui』

「えぇぇー……」

まさかの人物の落し物に、思わず腑抜けた声が漏れた。

早乙女ルイ。

クラスの中心にこそいるが、名門早乙女家でありながらFクラスで燻《くす》ぶっているせいか、周囲の評判はハッキリ言ってよくない。性格もきついと聞くし、セナやハヤト、ミミア以外と話しているのを見たことがない。

気高いオーラを常に纏い、利那としては一生関わりのないタイプだと思う。

そして、利那最大のライバルでもあった。

(でも、小波が好きな人なんだよね。もしかしたら、私が知らない一面もあるのかも)

敵情視察ということにしておくのもいいかもしれない。

乗りかかった船だし、友達を作る最大の機会かもしれないと思うと尻込みは出来ない。

利那は強張《こわば》った体を持ち上げてルイたちの後を追った。

その獅子《しし》の如《ごと》き威厳を纏った後ろ姿は、それだけで格の違いを感じさせた。

「あ、あの!!」

利那の声に、ルイたちが立ち止まる。

国民的アイドルのセナや、先日のイベントで琴音を降《くだ》し底辺から一転して最強の称号を冠しているハヤト、そして早乙女家のルイ、彼らが利那の声に反応して一様に動きを止めたことに、同い年ながら妙な感動を覚えた。

「ささささ、さ、早乙女さん、ちょっとお話が……」

「……先行ってて」

どもる利那に気を遣ってくれたのか、ルイはすぐに他の面々を先へと促した。

ルイが近づいてくる。胸がドキンと脈打った。

「火威さん、何か用?」

「あ、名前……」

第五章『遠のいていく光に魅せられて』

「クラスメイトですもの、覚えていて当然でしょう」

すごく出来た人だ。そう思う。

それだけで、彼女への好感度は上がった。

「それで、何か用？」

「え、えっと……」

（大丈夫、頑張れ私!!）

「これ、早乙女さんのだよね!?」

そう言って、刹那はルイの胸元に、力強く握りしめたせいでしおれたハンカチを押し付けた。

ルイは切れ長の宝石のような青い瞳をわずかに開き、それを受け取る。

「まぁ。ありがとう、落としてたのね」

わずかな気まずい間が訪れる。

この間を引き延ばしてはいけない。思い切って、笑顔でこう言ってみる。

「そのハンカチ、可愛いね！　どこで買ったの？」

結果。予期せぬ沈黙を招いた。

何か地雷でも踏んだだろうか。慌ててルイの顔色を窺うと、彼女は瞬《まばた》きを繰り返して、刹那の顔を見つめていた。

「……火威さん、私が怖くないの？」

「え？」

「皆言っているでしょう。私は性格がキツくて近寄りがたいって。それは間違ってないけれど……ほら、そのせいで誰も私に話しかけてくれないわ。それに私は……早乙女家の落ちこぼれだし」

ルイの目は、少し淋しそうに見えた。

なるほど。利那の中で何かがすとんと落ちる。

小波蒼が、彼女のことを好きな理由の一端を、利那は見た気がした。

緊張が、ほぐれた。今は、彼女と友達になりたいと切に思う。

「正直、少し怖かったけど、それはただの噂だったって今は思うよ。ごめんね」

「……ありがとう」

ルイは微笑《ほほえ》みを見せる。その優美でたおやかな笑みに、利那は心臓の鼓動を止められたような気がした。

何て……何て、美しいのだろうと。

高貴なる荘厳さの中へと分け入れば、そこにあるのは花のように柔らかな少女の温もりだった。

「あ、あのね」

親しみが向くままに自然と、言葉が喉から出て舌に乗っていた。

「よかったら、私と、と、と、友達に、なってくれないかな？　早乙女さんのこと、もっと知りたいな……って」

顔に熱が込み上げる。それでも、頑張ってルイの目を見て言った。

彼女はまた瞬きを繰り返す。そして、またその女神のような笑みを見せてくれた。

「嬉しいわ。私にも火威さんのこと教えてね」

ルイは手を差し伸べる。顔に込み上げた熱を心地よく感じる。

刹那はがっつくようにルイの手を両手で取った。細く、仄《ほの》かに柔く、滑《すべ》らかで、それでいて苦労してきたものの手だ。

この学校に来て、初めてのクラスでの友達だ。何だか、視界が明るくなったような気がする。

蒼に感謝しなければ、そう思った矢先、刹那はもう一つの大事な用件を思い出した。

「そ、それと！　もう一つ話があって」

「何？」

「小波蒼の、ことなんだけど」

「ああ…………アイツね」

この世で一番彼のフルネームを聞かされただろうルイは、ノイローゼ気味に顔を曇らせた。

その様子に、心の中でクスリと笑ってしまう。

「あのね、私、小波の友達なんだけどね。アイツ、結構いい奴で、自分もしっかりしてるし、早乙女さんにその気はないのは分かってるけど、一回だけでもいいから、小波と一緒に帰ってあげてくれないかな？　強いし、それに……早乙女さんのこと、本気で好きなんだと思う！　いい奴なのは、私が保証するから！」

手を取ったまま力説する利那。

何故、そんなことを言ってしまうのだろうという思いが、なくはなかった。

利那にとってルイは最大のライバルであり、彼女が蒼をあしらい続けていればいつかは利那にチャンスが巡ってくるかもしれない。

だが、自分がそうしている理由は何となく分かっていた。

蒼に持つ恋情、そしてそれと同等の彼への尊敬と憧れ。その尊敬と憧れの部分が、必死に努力してきた蒼に報われて欲しい、と祈っているのだ。

間近で見てきた彼の努力は、利那にそう思わせるには十分すぎるほどだった。

「……分かったわよ。一応、お礼を言わなきゃいけないこともあるしね」

しっかり考え込んだあと、ルイはそう言った。

「ホントッ!?」

「ええ。火威さんは、友達思いなのね」

「え、えへへ……」

「それと、そろそろ手を離してくれる？」

「へっ？　あ‼　ごめん‼」

慌てて手を離し、照れ笑いを浮かべる刹那。ルイの手は少し赤らんでいた。

ルイも笑う。

「せっかくだし、一緒に帰りましょ」

「う、うん‼　ぜひ‼」

二人は並んで校舎を後にする。見上げた夕空は、何だかやけに色鮮やかに見えた。

第六章 きみと見る夕日

「おい、霧矢《きりや》。何がどうなってる」

「俺は何より、毎回毎回食堂に来るたび箸《はし》が動かない蒼《あおい》、お前が心配や」

いつもの食堂。

蒼は霧矢の意見を受けて、もうどんを頼むのを止《や》めようと誓《ちか》いながら、その光景から目が離せなかった。

メインキャラたちが食事を嗜《たしな》んでいる。

眠たそうなハヤトに絡《から》むミミア、距離が近い。上品に食事を口に運びながら、それをどことなく不機嫌そうに一瞥《いちべつ》する琴音《ことね》。

ルイのエビフライを勝手に摘《つ》まんで叱《しか》られているセナ。寂《さび》しくなったルイの皿にから揚げをおすそ分けする刹那《せつな》。いいのにと軽い押し問答の末感謝しつつそれを受け取った後、セナの両頬《ほお》を引っ張って文句を言うルイ。

増えている。しかも蒼の超知り合いが。

利那は少し慣れてない素振《そぶ》りながらも全員と楽しそうに話しており、ルイとは特に親しそうだ。

友人が出来たことは素晴らしいが、それがまさかあのグループとは。

蒼がどれだけ切望しても入り込めない場所に、利那は溶け込んでいた。喉《のど》から手が出るほどというのは、こういう欲や羨望《せんぼう》を言うのだろう。

わけが分からないままの蒼の視線に利那が気付いた。

見せびらかすでもなく、利那はにっこりと笑った後、ぱちり、ウィンクをする。

蒼は首を傾《かし》げた。そのウィンクの意味を、蒼は放課後に知ることになる。

☆

放課後。

「よっ!! また断られに行くのか!?」「頑張るねぇ小波《さざなみ》ぃ!」「今回こそは断られないって!! 頑張ってね!」「そうそう! まぁ私的には断られてる方が面白いけど!」「はは、言えてるな」

「お前ら…………見てろよ、今回こそは上手く行かせてみせるからな!!」

男女問わずクラスメイトたちに茶化されながらも、今日もFクラスへ行く覚悟を固めて帰り

い。

琴音が淑《しと》やかに扉を閉めて教室を後にした。扉も彼女に触れられて笑っているようだ。

数十秒後のことである。

「小波蒼！！！！！！！！！！！！！！！」

凄《すさ》まじい勢いで扉が開いた。扉が泣いている。

蒼は驚いた。いや、驚いたどころの騒ぎではない。

あの早乙女《さおとめ》ルイが、蒼の名前を呼びながら教室に入って来たのだ。

金色の美少女は、教室を見渡して蒼を見つけるとずんずんと蒼目掛けて歩いてくる。

怪獣の進撃を思わせる足取りに、蒼の友人たちが周りからすすすと消え去っていった。

どん、と蒼の前で立ち止まると、腕を組み視線を逸《そ》らしながら、彼女は言う。

「…………一緒に帰るわよ」

「……………………ほえ？」

滅茶苦茶《めちゃくちゃ》素っ頓狂《すとんきょう》な声が出た。ルイは細長く綺麗に整った眉毛をピクリと動かしたかと思いきや、両手を机の上に叩きつけて言う。

「私と一緒に帰りたいの⁉　帰りたくないの⁉」

「か、帰りたいですッ！！！！！！！」

まくしたてられるまま、蒼は立ち上がる。

「まったく‼　三秒で準備しなさいよね‼」

状況が全く理解できなかった。喜びや感動は、もっと遅れてやって来るのだろうか。

ともあれ蒼は、荷物を殴りつけるような猛烈な勢いでカバンに突っ込み、本当に三秒で準備を終えた。

☆

第六章『きみと見る夕日』

沈む太陽が奥多摩《おくたま》に残された遠くの山々の稜線《りょうせん》を赤く浮かび上がらせている。

先日刹那と歩んだ川の土手。

何だか、あのときとは見え方が違うような気のする蒼。

（なななななななななななにが起きてるんだッッッ！！！）

やはり、喜びと感動は、尋常ならざる緊張と共に後からやって来た。

心臓の鼓動が叫んで止まない。陽射《ひざ》しが強くなったかのように視界が白んでいる。

鼓動が一つ脈打つ度に体が妙な方向に動く。

全ての映像が重なって見えるが、横を向いたときに見える天使の姿だけは、後光が差したようにハッキリと見える。

その少女がカツンと靴音を鳴らせば、金色の二つの尾が軌跡を生む。

青色の瞳はこの宇宙に存在する全ての青色に、いや、全ての世界のどんな色彩にも勝る。

蒼の最愛の想い人が隣にいた。モブとしてすれ違うのとは訳が違う。

苦節二年、今彼は、世界の中心にいる遥《はる》か高嶺《たかね》の花の側《そば》に、拒絶されることなくいる。

彼女は蒼の存在を認め、感じているのだろう。それほど大げさでないにしても、彼女は確実に蒼を認識している。

ルイと今、一緒に帰っている。中学時代の自分がこの光景を見たら、どう思うだろう。

同じ道を歩き、同じ場所を目指し、二人だけで、会話を交えながら，一緒に帰るのだ！

夢ではないか？　だが、夢ではないのである。この瞬間を噛《か》み締《し》めないといけない。

蒼は口を開くが、あれだけ威勢よく帰りを誘っていたくせに、中々言葉が出てこない。

寮は近づいてくる。

一生着くなと祈りつつ、蒼は顎《あご》の関節に鞭《むち》打《う》ちながら言葉を――

「あのあのあのあのあのあのあのあああああのあのあああの」

「落ち着きなさい」

「どうどうどうどうどうどうどうどうどうどうどうどうどどどどどどどうしてどどどど」

「馬でも操ってるの？」

紡《つむ》げなかった。

蒼はタンマと言わんばかりに立ち止まり、膝に手を当てて呼吸を整えた。

（バカ野郎、後悔したくないだろ!!　どうしてこうなったか分からないけど、絶好のチャンスだよ!!）

「ど、どうして、急に、俺と、一緒に……!?」

息切れしながら、蒼はルイを見上げて問う。見上げたその顔が美しすぎて動悸《どうき》がまた乱れる。

「火威《ひおどし》さんに頼まれたのよ」

「刹那が……？」

あのウィンクはそういう意味だったのか。刹那の大きすぎる手助けに、どんなお礼が相応《ふさわ》しいかが分からない。

「それに。一応私も、アンタにお礼を言わないといけないしね」

腕を組むルイ。茜色《あかねいろ》の光を浴びながらも、その金と青は塗り替えられることなく輝いている。

お礼。ルイが、蒼に、お礼。

「ま、まぁ？　余計なお世話ではあったけど？　アンタが岩槻《いわつき》を叩きつぶしてくれたおかげで、私の退学がどうとかいう話はチャラ。それに、スカッとしたわ」

「…………」

それから、気恥ずかしそうに目を合わせ、俯《うつむ》き、目を合わせ、俯く。

意を決したのだろうか、もう一度目を合わせ、それから小さな声で続きを綴《つづ》った。

「その…………あ、ありがとう」

「…………」

何も音が聞こえない。きっと、彼女の言葉以外はどんな騒音であれ今の蒼には届かないだろう。

ルイの言葉が、何度も頭の中を往来して反響に反響を重ねる。

自分が何を考えて、どこに立っているのかも分からなくなった。

前世から今に至るまで、彼女に捧げた青い春の記憶が、彼女から蒼だけに投げかけられた言葉に撫《な》ぜられる。抑えていた感情が滂沱《ぼうだ》の如《ごと》くあふれ出した。

ルイが蒼の反応を窺《うかが》うようにチラリと一瞥し、その後声を上げた。

「ちょっと!! 何で泣いてるのよ!!??」

「ごめん……ずっと我慢してたんだけど」

「我慢してたの!? 何でよ!!」

自分でもこんなに制御の出来ない涙は初めてだった。抑えようとしても、血のように勝手に

出てくるのだ。

……いや、血のようなものかもしれない。

その感涙には、彼女に会うために、蒼が世界の片隅で死に物狂いに努力した血が混じっているのだ。

「まさかきみに、感謝される日が来るなんて。一緒に帰れるだけで、夢のようなのに」

目元を拭《ふ》きながら、上体を起こして蒼は涙ながらに笑う。

隣を通り過ぎた中年の夫婦が、蒼の言葉を聞いて明らかに彼を二度見していった。

ルイが蒼の言葉を咀嚼《そしゃく》し、それから頬を赤くさせた。片腕で顔を庇《かば》うようにし、後ずさる。

「い、いきなり変なこと言わないでよ!!　さっさと帰るわよ!!」

ルイは振り返ってずんずんと歩いていく。二つの尾っぽが怒ったように跳ねていた。

蒼は今一度涙を拭いて彼女を追いかける。

隣に並んで見ると、むくれ顔だ。その顔すらが、愛おしかった。

「アンタ、一体何なのよ。入学初日に告白なんて、おかしいわよ。私はアンタのこと全く知らないわ。何？　たまたま顔が好みだったわけ？　変な奴」

「そんなチャラチャラした動機じゃ毎日帰りを誘ったりできないよ。まぁ、顔はこの世界以外の全てを含めたって一番好みだけど。髪型も髪の色も髪の毛一本一本も整った眉毛もその目もすごく――」

「ふんッ!!」

「はぶぁッ!?」

カバンで背中を殴られた。褒《ほ》められ慣れていない少女と愛が止まらない少年の会話でこうなるのは必至だろう。

「あ、アンタ……次変なこと言ったら殴るわよ!!」

「もう殴ってるよ……」

だが、全く痛みを感じないのは何故《なぜ》だろう。この子になら、刺されても痛くないだろうなと蒼は思った。

「それで、どういうつもりなわけ!?」

ルイはやや息切れしながら問い詰める。

蒼は少し考えてから、口を開いた。

「えぇ、と…………そう、だな」

スッと感傷の色を帯びていく声音に、ルイが棘《とげ》を収める。

「二年前、かな。俺が横浜に行ったとき、突然現れたトウカツに殺されかけたんだ。覚えてないと思うけど、そのときに、俺を助けてくれたのが、きみだった」

蒼の真摯《しんし》な目線に、ルイは顔を背ける。

少女の手が居心地悪そうに少しの間虚空《こくう》を泳ぎ、それから髪を弄《もてあそ》び始めた。

「そのとき、俺はその気高き後ろ姿と、力強い意志に、惚《ほ》れたんだ」

「そ、そう。そういうこと……ね」

彼女は照れくさそうにツインテールを弄《いじ》り続ける。存外に真《ま》っ当《とう》な恋の理由に、突っぱねることができないらしかった。

だが、蒼は自分の表情がやや物憂《ものう》げなことに気付く。

(でも、本当は――)

もっとずっと前から、ルイに恋をしていたんだよ。

そう伝えたかった。

言ってもルイを困惑させるだけなのは分かっている。だが、全てを打ち明けてありったけの愛を伝えたい、そんな気持ちではりさけそうな胸の内を抱える蒼は、悶々《もんもん》としてしまう。

「……アンタ、見る目ないわよ」

ふと、ルイは目を背けながらそう言った。今もその鮮やかな青い瞳に惹《ひ》かれてたまらないというのに、何を言うか。

「この学校には、私なんかよりずっと素敵な子がいっぱいいるでしょう。アンタを助けたのは私かもしれないけど、私は気高くなんかない。ただの早乙女家の落ちこぼれよ。大体、私は性格だって良くないわよ。これ以上私の内面を知っても幻滅するに決まってるんだから、その前にさっさと別の子を探すことをオススメするわ」

早乙女ルイ。

名家を背負いながら実力を出し切れない彼女が早乙女家や世間からどんな扱いを受けていたかは自明だ。それ故《ゆえ》、口ぶりとは裏腹に自尊心は低い。

蒼は鼻で笑ってしまう。内面どころか、彼女のほぼ全てを知った上で言っているのに。

「この学校も何も、この世界の中の誰よりも、それにこの世界以外の誰よりも、きみは素敵だ」

「もう!!　だから変なこと言わないでって言ってるでしょう!!」

臨戦態勢に入るルイ。

また彼女の背中を追うと、気が付いたら、商店街の側へと来ていた。そこを抜ければ、すぐに寮に着く。体感にしてものの数秒だった。

「少なくとも俺にはそう見えるよ。きみは本当に素敵だ」

「な、なにを……!!」

「そこまで自分のことを卑下するのなら、俺にもっと幻滅する内面とやらを見せて欲しい。そんなものがあったとしても、きみが何よりも素敵なことは変わらないと思うけどね」

耳まで真《ま》っ赤《か》なルイ。ツインテールを抱き寄せて顔を隠そうとするが、そんなことをしても蒼の好感度が上がりに上がるだけだ。

商店街には学生の姿が多く見える。買い食いに青春を捧《ささ》げるもの、ファミレスに立ち寄るもの、まっすぐ寮に帰るもの、十人十色だ。

「……アンタのこと、変な奴だと思ってたけど」

「うん」

「思ってた以上に変な奴だったわ」

蒼は笑ってしまう。

それからしばらく、強気な割に自尊心が低い少女と愛が止まらない少年の押し問答が続いた。

寮が見えてくる。西の空は紺色に染まり始めていた。

「ルイさん」

蒼は足を止めてルイを呼び止める。さん付けは何だか変な感じがした。

ルイは遅れて足を止め、蒼を振り返る。

涙が出るほど美しい青と金。言葉を紡ぐのに、抵抗はなかった。

「今日は一緒に帰ってくれてありがとう。本当に嬉しかった。それに、すごく楽しかったよ」

「そ、そう……」

「やっぱり、俺はきみのことが好きだ」

軽口に聞こえただろうか。

蒼にはまだ、この言葉を冗談やてきとうに言う勇気も軽薄《けいはく》さもないのだが。他のものの視線が蒼に向くが、全く気にならなかった。

「きみのことをもっと教えて欲しい。この素敵な帰り道を、一回だけのものにしたくない。よかったら、また一緒に帰りたいな」

ルイは周囲の視線を気にしつつ顔を赤らめる。

ひそひそと女生徒たちが好奇の会話を交わしながら行き交《ゆか》い、商店街からコロッケの匂いが春風に乗ってやってきた。

少しして、ルイは言った。

「…………後悔したって、知らないわよ」

その言葉は、肯定だった。蒼はにっこりと笑みを浮かべて、「ありがとう!」と大きく声を張る。

「そ、それとよかったら、連絡先も、交換したかったりして……」

「はぁ……しょうがないわね」

ルイはカバンからノートとペンを取り出し、つらつらとペン先を走らせる。

それからノートの端を手で切り取り、そっぽを向きながら蒼に突き付けた。

蒼はさらに笑顔になる。

「ありがとう!! この紙は家宝にするよ!!」

「そこまでしなくていい!!」

ルイは疾風《はやて》の如《ごと》き素早さでノートを使い蒼を叩く。

それからまた言葉の攻防を繰り広げながら、ルイは女子寮へと帰っていった。

ぐぐぐ、と大きすぎる喜びと幸せが腹の底から上がってくる。蒼の動悸は、いつまでたっても収まらなかった。

(後悔したって知らない、か)

ルイの言葉を思い返す。蒼は笑った。

(後悔しないように、俺はきみに会いに来たんだよ)

その日は、川原を大声を上げて全力疾走してから帰った。笑いが止まらなかった。

後日、冥花《めいか》先生に呼び出されて叱《しか》られたのはもちろんのことである。

☆

夜も更《ふ》けたころのことである。

風呂上がり、ソファの脚に背中を預《あず》けてフローリングの上に腰かけるルイ。下ろした髪をタオルで拭きながら携帯に文字を打つ。

『火威さん、随分個性的なお友達をお持ちなのね』

分かりやすい皮肉である。返信は、すぐに返って来た。

熊《くま》だ。デフォルメされた熊が、大胆に親指を持ち上げているスタンプ。いいでしょとでも言わんばかりの熊の顔に刹那の顔が被り、ルイはくすりと笑った。

歌声が風呂場の方から聞こえてくる。軽く口ずさむ程度にもかかわらず、セナは船乗りを惑わすローレライの如き透《す》き通《とお》る歌声を響かせていた。

「いやぁ、いいお湯でしたぁ……」

セナがバスタオルで一糸纏《いっしまと》わぬ体を拭きながら風呂場から出てくる。彼女の健康的に育った胸元を見ていると、何とは言わないが比べてしまって微妙な気持ちになる。

「服くらい着てから出てきなさいよね」

「そーだルイルイ、今日噂《うわさ》の彼と一緒に帰ったんでしょ？　どうだったの～」

彼女はいつだってマイペースだ。振り回されるのにもいい加減慣れてきたので、一々声を荒らげたりしない。

セナはルイの背後に回ってソファに腰かけ、ルイの髪をタオルで拭き始める。

先に自分を拭けと言いたいが、今のセナはあの少年のことが気になっているようだし、聞く耳は持ってくれまい。

「別にどうってことないわよ」

「でもルイルイがハヤト以外の男の子と帰るなんてね～、明日は雨が降りそう～」

「火威さんに頼まれたんだからしょうがないでしょ」

「え～、ルイルイだったら断るじゃん。男の子嫌いだし。あー、さては毎日誘われててまんざらでもなくなったとか～？」

「つねるわよ」

「もうつねってるよ～、痛い痛い～」

わざとらしく痛がるセナの手の甲をつねる手を離し、ルイはため息を吐《つ》く。

あの少年のことが頭を過《よぎ》る。ルイに学生らしからぬ無償の愛を伝え続けた少年、小波蒼。そんな人間、今までに出会ったことがなかった。

第一印象から避けられることの多いルイ。それを潜《くぐ》り抜《ぬ》けても、きつい性格に嫌気が差して離れて行ってしまう人も多かった。

自分ですらそんな自分自身が嫌いだというのに、どれだけ拒絶しても、ニコニコ笑って好意を顕《あら》わに話しかけてくる。

やりづらく、不思議な手合いだった。

ルイは、人間の機微《きび》に対して聡《さと》いところがある。多くの悪意や黒い感情に曝《さら》されてきたせいで、目の前の人間が腹の内にどんなものを抱えて自分に接しているかが何となく分かるのだ。

これまでも、近づいてくる男はそれなりにいた。だがそのいずれもが、ルイの体に流れる早乙女の血筋か、ルイの持つ女という属性だけが目当てだった。

早乙女に取り入るにせよ、欲望を満たすために使い捨てるにせよ、早乙女本家から迫害されている憐《あわ》れな少女は都合がよかったのだろう。

あんな奴、ちょっと優しくすれば絆《ほだ》されるだろ、なんて野蛮な陰口《かげぐち》を聞いたことがある。

生憎《あいにく》、ルイにとって彼らの悪意は明《あ》け透《す》けなもので、そんな連中に甘い言葉を言われても嫌《けん》悪感《おかん》しか募《つの》らなかった。

彼女にとって、唯一彼女を一人の人間として見てくれる男はハヤトだけだった。

ところが、あの小波蒼という少年も最初はその手の打算的なものかと思っていたのだが、今になっても彼の内側には粗暴で卑《いや》しい謀《たばか》りが見えない。

何度雑に追い返しても、彼は純粋な子どものように目を輝かせて次の日にはまたやってくるのだ。

だからこそ、刹那の提案に了承した節がある。

愛、そんな言葉が過るが、変な話だ。

「ねぇセナ。初めて私に会ったときとか話したとき、どう思った？」

ん～と考え込むセナ。向かいの鏡を見れば、桜色の唇《くちびる》に人差し指を当てて考え込むあざとい姿が。

そんな動作が許されるのはセナだけだろうと思いつつ、風呂上がりで上気した頬にしどけない姿を見ていると、同じ女でありながら本能の疼《うず》きを感じてしまう。

「そうだな～、目つきがきつくて～、性格もきつくて～、言葉もきつくて～、そっけなくて～、ツンツンしてて～、負けず嫌いっぽくて～、感じ悪くて～」

「まぁ、そうよね」

「いててて、納得しながら太腿《ふともも》つねるのやめてよ～」

つねる手を離し、少し考え込む。

そんなことをしていたら、背後からセナの体重が乗って来た。湿《しめ》った腕がルイの首元に巻きつき、耳元で優しい声がする。

その声は、ステージの上で何万人何十万人を魅了してきた、特別な声色だった。

「でもね。素直になれないだけで、本当は誰よりも優しくて、他の人のことを考えてて、気配り上手で、繊細《せんさい》で、傷つきやすくて、使命感があって、志《こころざし》があって、決して驕《おご》らない、可愛《かわい》らしい人だって、私は知ってるよ。だから、ルイルイのこと、大好きなんだよ」

心地よく首元の腕が締《し》まった。背中に柔らかい胸の感触がある。

この状況、男子だったら血を吐き散らして死ぬだろうなと思う。優しい一番の友人の言葉に、「ありがとう」と口にして先ほどつねったセナの手の甲を撫でた。

ルイは考える。親友であるセナはルイ自身が知らないことを言ってルイのことを好きだと言ってくれる。

仮に、ルイにそういういい部分があったとする。

しかし第一印象でそれを認めることは出来まい。だというのに、小波蒼という人間はそれを全て知っているかのように、いや、それ以上の何かを手にして、セナよりも強い爆発的な好意を向けてくるのだ。

彼は、ただ一度だけルイに命を助けられ、ただ一度だけ一緒に帰っただけだというのに、そこまでの好意を持てるものだろうか？

「あ」

側の携帯が鳴る。セナも一緒に画面を覗《のぞ》き込《こ》む。件《くだん》の少年からであった。

恐らく、相当に推敲《すいこう》したのだろう。何行にもわたって感謝や感動が丁寧に綴られている。

行間や読みやすさも完璧、誤字脱字は皆無《かいむ》、それでいて定型的でなくカジュアルさは損《そこ》なわない。

笑えるほどよくできた文章だった。

「ながっ」

セナが言い、くすくす笑う。その文面を眺めながら、ルイは思った。

（変な奴）

あの少年に、ほんのちょっとだけ、興味がわいたのである。

第七章 世界の片隅から、あなたに

以下、『世界最強の大魔導士、現代ファンタジーに転生して無双する』、三巻冒頭からの抜粋である。

『

炎。

幼年の彼女にとって、不思議と発見に満ちた世界の全てであった街が今、赤い怪物のような姿になって燃え上がっている。

破滅。暴虐《ぼうぎゃく》。反逆。激突。死。

そのときの彼女には難解に過ぎる黒の概念が辺りを跋扈《ばっこ》していた。燃え盛る炎はあまりにも熱く、黒々とした天蓋《てんがい》から落ちる大量の水滴はあまりにも冷たい。

当時五歳の早乙女《さおとめ》ルイは、あまりのショックに我を忘れ、耳を塞《ふさ》ぎ、一緒にいた友人のことを呼び続けた。

場の轟音《ごうおん》は塞いだ耳の隙間を縫《ぬ》って襲い掛かる。

「逃げろッ!!」「テロリスト!!」「助けてぇ!!」

「愛の下に死せよ」「愛の下に死せよ」「愛の下に死せよ」「愛の下に死せよ」

鋭利に尖《とが》った灼熱《しゃくねつ》の怒号や悲鳴がルイの心臓に突き刺さり、鼓動を速める。

一方、冷淡に同じ言葉を繰り返すものたちの声がある。

炎に照らされ、逃《に》げ惑《まど》う男の背中に槍を突き刺す人間の影が映った。息が詰まる。

漆黒《しっこく》の鎧を纏《まと》った人間たちが二列に並んで歩幅を合わせ進む。手に持った槍の柄を一定の間隔で地面に叩きつけ、その度に炎や雷が漏れ出す。

顔面を覆う兜《かぶと》には、槍をモチーフにしたスリットが入っており、そこから赤い光が目玉の代わりに一つ点灯している。

『CODE《コード》：I《アイ》』。当時少女はその名を知らなかった。

人間は、生まれながらにして愛おしく尊《とうと》く、そして醜《みにく》く脆《もろ》い。故《ゆえ》に一度滅び、綻《ほころ》びなき生命体として再構築されるべきである。

そんな信仰の下、イヴェルシャスカの槍奪還を掲げ、その力で世界を塗り替えようとするテロリスト集団だ。

ルイの故郷は、彼らの襲撃を受けていた。

よりによってその目的の遂行に至る大義を人間への愛としながら、漆黒の愚者《ぐしゃ》たちは今も目の前で蛮行を重ねていく。

「愛の下に死せよ」

「愛の下に死せよ」

「愛の下に死せよ」

「愛の下に死せよ」

どす黒いくぐもった低い声。

空を数多《あまた》の閃光が奔《はし》り、ビルが中ほどで弾け飛ぶ。

無抵抗な人間が刺し殺され、水に襲われて溺死《できし》し、土に挟まれて押しつぶされる。

臓器が浮き上がってしまったかのように気持ちが悪い。そんな彼女の閉じた耳に、深々とした足音が聞えてくる。

流れる黒髪は、寂莫《せきばく》たる宇宙の空洞の如き闇を孕《はら》む。幼き少女の目に、その黒髪の少女の持つ水色の虹彩《こうさい》は異様に映った。

人間としてあるべきではない悪魔の道、それを歩き続けてきたような、とにかく常人ではない瞳だ。

口元には妖艶《ようえん》な笑み。

ルイは本能的に彼女を恐れ、体を震わせる。少女はルイの前に立ち、影を被せた。

「ごきげんよう、早乙女家のお嬢さん」

少女は屈《かが》み、ルイに視線を合わせる。

この業火と殺戮《さつりく》に包まれた街の中でその所作《しょさ》は優しく思えたが、それがとにかく不気味で、深く昏《くら》い。

「綺麗なお顔ね。あぁ、もったいない、もったいない」

声を詰まらせたルイの頬《ほお》に、冷たい手が乗せられる。そのまま皮を剝《は》ぎ取《と》られてしまいそうなほどの威圧が、頬を這《は》う。

「!?」

黒髪の少女は微笑《ほほえ》み、そのまま、その唇《くちびる》をルイの唇に押し当てた。

頭が真《ま》っ白《しろ》になる。

同時、何かが、体の中に入り込んできた。

確かな意識があるのは、ここまで。

ルイの喉元《のどもと》から赤黒い液体が込み上げ、口づけを交わす口元からどくどくと零《こぼ》れていく。意識が毒に喰われていく。

地面に崩れ、空を仰《あお》いだルイの体に、雨が打ち付ける。

瞠目《どうもく》した瞳を雨が叩こうと、体の内側を侵食する毒に苛《さいな》まれた意識と体は反応を示さない。

体がびくびくとのたうち、呼吸が止まる。

消えていく意識。そんな彼女の意識に、見知らぬ少年の声が入り込んでくる。
……それは、光だった。
「何をされた……!?」
やけに大人びた空気の少年だったのを、朧気《おぼろげ》な中で確かに覚えている。
少年に助けを求めようとしたつもりだったが、口が仄《ほの》かに開閉するだけに終わった。
「毒か……待ってろ、何とかする……!!」
少年の体に光が宿り、ルイの顔面に手を伸ばした。
ルイの意識が消える。
——この日からであった。
彼女の人生が大きく狂い始めたのは。
そして、彼女の一途《いちず》で素直じゃない恋が始まったのは。

☆

虹色の日々である。

未《いま》だに、毎日毎日登下校に誘っても断られることがよくあるが、それでも成功率は六分の一程度まで大幅に上昇した。

今でさえこれほどまでに幸せだと言うのに、もし、彼女と付き合うなんてことになったとしたら、幸せで体が本当に張《は》り裂《さ》けてしまいそうだ。もちろん、容易《たやす》い話ではないのだが。

五月に入っていた。

学年別トーナメントも終わり、三回戦でぶつかったハヤトと琴音《ことね》の戦いの話題は皐月《さつき》になった今も冷めやらない。

結果は、最強の白峰《しらみね》琴音を破り、Ｆクラス如月《きさらぎ》ハヤトの勝利。

蒼《あおい》にとっては分かりきった勝利だったが、彼が学校中から賛辞を浴びたのは当然のことである。これから琴音もハヤトの一行に加わり、物語は一層華やかになる。

「それで、小林《こばやし》先生が……」

「アンタ……よく喋《しゃべ》るわね」

この言葉をルイ以外に言われたらそこそこ傷つくだろうが、ルイに言われるとえへへと笑いになってしまう。

好きという感情は報われれば何よりも大きな幸せを生む。

ルイはまだ口数が多くないので、なるべく彼女の声帯からその澄《す》み渡《わた》る声を引き出すべく、質問を交《まじ》えたりしながら蒼は喋り続けた。

そんなとき、ふと、ルイの視線が逸《そ》れた。

周囲の視線も、自然とそこに集まっている。ハヤトと琴音だ。やはり華がある。

二人仲良く登校し、笑顔を交わす。そこに、ミミアがやってきてハヤトに後ろから抱きついた。

琴音があからさまに不機嫌そうな顔になる。

ルイも固く絞った手を胸に当て、しばらくそちらに視線をやったままだった。

「…………ごめんなさい。何の話だっけ」

ルイは蒼の視線に気付いて、落ち着きを取り戻すように髪を耳に掛けた。

その動作に心臓の鼓動を持っていかれながらも、蒼もハヤトたちの方を見た。

(負けんぞ、お前には)

これもまた、戦なのだ。

☆

「ははははははははははははははははは」

不気味に笑いながら蒼は両手で携帯を持ち、フローリングの上をゴロゴロと何度も転がって往復している。

「楽しそうやなぁ。最近ずっとそんな調子だな」

ルームメイトの霧矢《きりや》がはしゃぐ子どもを見るような眼で蒼を見下ろしている。

楽しいに決まっている。今もこうやってルイからの返信を待っているのだ。

手動BOTと話すのとはわけが違う。携帯がピコンと鳴る音が待ち遠しくてたまらない。

返事が来た。正直言って愛想はない返事だが、彼女らしくてそれがまた愛おしい。

だが、今日はこれからさらに一歩踏み出そうと思っている。

楽しさから一転、フリックする指に緊張が走る。会話の脈絡《みゃくらく》を壊さないように、後半に文字を添える。

『よかったら、今週の日曜日、一緒にどこかに出かけないかれ』

送信する直前に典型的な誤字に気付き、そそくさと直す。送信を押す手が震える。

断られたら、しばらくは食事が喉を通らないだろう。

待つ時間は異常に長く感じる。まだ誘うには早いか、嫌われたらどうしよう、そんな思いがぎゅるぎゅると回る。

風呂から上がる。まだ来ない。

歯磨きをする。まだ来ない。

布団に入る。今日は返信は来ないのだろうか。明日も来なかったらどうしようか。

最後に確認する。来ている!!

一言だ。

『午後からは暇《ひま》』

「うっしゃあぁぁぁぁあぁぁぁぁあぁぁぁぁあぁぁぁぁあぁぁぁぁあああああ!!!!!!!!」

ベッドから起き上がり渾身《こんしん》のガッツポーズ。調子に乗って、こんな返信をしてしまう。

『デートなんて初めてだよ!! しかもきみとなんて!!』

返信は、すぐに来た。

『勘違いしないで』

釘を刺されたが、舞い上がった蒼には痛くもかゆくもない。謝罪の連絡をしつつ、蒼はふかふかのベッドの上で何度も飛び跳ねた。

「うっさいわ!!」

部屋に突入するなり霧矢が投げた枕が蒼の顔面に炸裂《さくれつ》する。

明朝、二人は揃って寮長に説教を喰らったのであった。最近、怒られることが増えたと痛感する蒼である。

☆

日曜日。

からっからに晴れた空気は、夏の香ばしさをわずかに含《ふく》んでいる。

休日ということもあって、駅前には人出が多くある。

実家に帰り家族との時間を楽しもうとするFND《フォンド》の職員や、日曜であろうと慎《つつ》ましく働くサラリーマン、駅周りのショッピングモール目当てに集まる少女たち、孫と楽しそうに手を繋ぐ老夫婦など、老若男女《ろうにゃくなんにょ》問わない。

「あー!! 小波《さざなみ》っちじゃん!!」

蒼に話しかけてきたのは、ミミアだった。今日はいつものサイドアップではなく髪をおろしている。ギャル仲間数人を連れてショッピングモールに行く最中のようだ。妙な威圧感を感じて気圧《けお》される蒼。

それにしても、前に数度しか話したことがないのに、もうニックネームとは。彼女の人との接し方は見習いたいものである。

「なになにオシャレして～。あ、そっか今日早乙女と出かけるんだっけ？ アタシたちね、これからデパコス見に行くの！ ちょーアガるよね!!」

周りのギャルが興味深げに蒼を見ている。

「ねねミミ、この子ってアンタの推《お》しのハヤト？ とかいう子？」

「かわいー」

同級生だが。

まるで親戚の子どもに対する言葉遣いに笑ってしまう。

「違う違う、小波っちは朱莉《あかり》のにーちゃんだよ！」

「あー!!　どうりで顔が似てると思った！」

「この子が『自慢のお兄ちゃん』か！」

ミミアと朱莉はバイト先が同じだから多少付き合いがあるとは思っていたが、どうにもこのギャルたちとも付き合いがあるという。朱莉の底知れない人付き合いの幅には敬服《けいふく》せざるを得ない。

蒼も友人関係に対する志《こころざし》は高いので、朱莉を見習ってミミアたちとその場で色々と話した。

ミミアは原作通り蒼の好きな人間であったが、前世では関わることもなかったタイプの周りのギャルたちも、話してみればやはり、皆気さくな少女であった。

偏見という殻《から》の内側にい続けた前世の自分を恥じる。

好きな音楽を教えてもらったり、訓練を一緒にする約束をしたり。

ついでに写真も撮った。よれたピースサインが情けない。

何の記念なんだろうと思ったが、そういう発想がダメなんだなと思い直す。

「じゃねー」

彼女たちは好き放題喋った後、ランチで人気な店に行列が出来る前にと風のように去って行った。

大きく賑《にぎ》わった駅とその周辺施設を見上げながら、蒼は時計を見た。

第七章『世界の片隅から、あなたに』

時は正午。

中天に昇り詰めた太陽がビルよりも遥《はる》か高みから熱を落とす。

十字に開いた巨大な交差点の隅《すみ》に人が溜まっていき、信号がその真上で雄大に横たわる空と同じ青色を示せば、ダムの放流のように人の群れが動く。

早く来すぎただろうか、実を言うと二時間前からここにいる。何度も人が交差したのを見続けた蒼は頭を掻《か》いてビルに大きく表示されている広告を眺《なが》める。

女子高生たちが写真を撮るスイーツの甘い香りが漂《ただよ》ってきたと思いきや、都会特有の下水の臭《にお》いがして蒼は顔をしかめた。

名物の時計台の下には待ち合わせの学生たちが集まり、各々全力のファッションでデート相手を待っている。

かくいう蒼も、何度も朱莉に確認をしてもらって恥ずかしくないファッションで固めたつもりだ。

『こう⁉　こんな感じ⁉』

『……センス悪。女の子と出かけたことある？』

朱莉との会話を思い出して自身の経験のなさにげんなりする。

ジャケットの裾《すそ》を正しながら、蒼はルイの私服姿に妄想を膨《ふく》らませて弾む足を宥《なだ》めつけて制止させた。

蒼に向かって歩く影がある。

蒼は思いきってそちらを向き、そして言った。

「何で制服？」

「何で私服？」

被った。

ルイはいつものツインテールの横で困った顔を浮かべている。

蒼は、舞い上がっていたせいで大切なことを一つ忘れていたのだ。

☆

早乙女ルイ。

早乙女家といえば、超が付くほどの英才教育で、才能の研磨《けんま》に余念がない。故に、早乙女家の子息子女は普通の育ち方をしない。

そして、ルイはそんな環境の中でもさらに自分にストイックだ。時間があれば修練に勤《いそ》しむ、そんな真っすぐで向上心の塊のような性格。

故に、彼女は娯楽を知らない。そんな彼女が「どこかに出かけよう」と言われれば、行く先は——

「小波〜、今日はデートじゃなかったのか〜?」

「だからデートしてんだろうがァ!!!!」

Sクラスの友人の茶化しに、浮かれていた自分を恥じる怒りを乗せて蒼は返事をした。

体育館の床を運動靴が擦《こす》る音。摩擦《まさつ》の焦《こ》げた臭いと汗の酸味が漂う。

鈍《にぶ》い音、爽快《そうかい》な音、模造刀同士がぶつかってあげる金切り声。

そう、ここは紛れもなく聖雪《せいせつ》の体育館であった。

ルイという人間を誰よりも知っていながら、デートという言葉に浮き立ち、予定を詰めることをしなかった蒼が悪いのだ。

彼が彼なりに努力して築き上げたデートプランは、早くも暗礁《あんしょう》に乗り上げたのである。

☆

(しまったぁ!!)

蒼は心の中で唸る。

行く先の主導権をルイに握られたのがそもそもの失敗である。

言われるがまま学校に行き、全力のお洒落《しゃれ》を脱ぎ捨てて戦闘衣に着替えた蒼。

当たり前のような顔をしているルイに何となくで流された蒼は猛烈に後悔していた。

ルイがカラオケや買い食いなど、おおよそ学生がやりたがることをしだすのは、今後に控《ひか》えていた皆で過ごす休日のイベントの後だ。

それを失念していた。

思い描いていたデートのイメージが瓦解《がかい》する中、しかし、その中に一つの光明を見る。

(待てよ、やりようによってはもしかしたら俺が彼女に初めて娯楽を教えた人になれるんじゃ……!?)

「だからデートじゃないって言ってるでしょ!!」

情けない笑みが浮かんだ瞬間、ルイの鋭い上段蹴りが蒼の顎《あご》を蹴り上げた。

宙を舞う蒼の体とぐるぐる回る視界。受け身も取れずに墜落《ついらく》した蒼の前で、ルイが息を荒らげて顎を伝う汗を拭《ぬぐ》った。

おーと周囲から声がする。

「ナイス上段蹴りです……!!」

それすらポジティブな返事をする蒼に、ルイはため息を吐《つ》いた。

仰向けの状態でサムズアップしてから、蒼は体を飛び上がらせる。

「アンタ、ふざけたことばっかり言うくせに意外とやるわね……!」

ルイが再び構えを取る。実は、組手を始めてからもう一時間以上は経《た》つ。流石《さすが》にお互いのスタミナにも綻《ほころ》びが見え始めてきた。

だが、ルイの徒手空拳《としゅくうけん》は未だに鋭く、全く隙を見せない。

蒼は二年という短い期間でも削れるものを削って努力をしてきた。付け焼刃とは言わせない圧倒的な実力を持っている。

対し、ルイはその努力をずっとひたむきに続けてきたのだろう。

徒手空拳で蒼が劣ると思わせられた相手は、本当に久しぶりであった。

（そういうところが、好きなんだよな）

蒼は笑い、ルイの拳をいなす。その一撃に、蒼が愛した少女の生きざまが表れていた。

「さっきから防戦ばかりで、何で攻撃してこないのよ！」

「え‼　きみの綺麗な体に傷でもついたらどうするんだ‼」

瞬間、昂《たかぶ》って熱のこもったルイの顔が、さらに真っ赤に染まる。

その大音声《だいおんじょう》に、体育館中から冷やかしの声が上がった。

「あ、あほかぁッ‼」

ルイのアッパーが、蒼の顎を再び強襲した。顎の骨が心配になるが、不思議なことに本当に痛くないのである。

実際問題、蒼がルイに手を上げないのは、防戦に回らないと一瞬で沈められるから、というのも半分くらいあったのだが。

調子に乗ってかっこつけるものではない、蒼はそれを痛感した。

☆

「はい！　ルイ先生！　これはデートじゃないと思います!!」

「だから、元々デートじゃないって言ってるでしょ!!」

三時過ぎのことである。シャワーで汗を流し、再び気合の入った蒼の発言に、制服姿のルイはむくれ顔だ。

「それと、先生って何よ。ルイでいいわ。行くわよ」

ルイは颯爽《さっそう》と歩き出す。

が、金髪をはためかせて数歩歩いた後、立ち止まる。

「……どこに行くのよ？」

蒼はガクリと片方の肩を落とす。やはり何も考えていなかったのか。

「出かけると言えば、訓練だったから」

「そうだな……ルイは、カラオケとかは行ったことはないんだっけ？」

「ええ。そういうのには疎《うと》いの」

「よし、じゃあカラオケに行こう！　多分、今まで経験したことがない楽しさがあるよ」

そうして、意気揚々《いきようよう》と歩き出す蒼。

しかし、ここで、蒼のもう一つの誤算が浮き彫りになるのだ——

☆

(なるほどな!!)

喉から必死に大声を張り上げて、蒼は歌い続ける。

もう二時間は経っているはずだ。

うかつだった。ルイがカラオケに興味を持つようになるのは、自分は歌えないものの皆が歌っているのを聞いているのが楽しかったからだ。

蒼は今、友人ら四人がかりで行ったイベントを一人で担《にな》っているのだ。

つまり、歌のレパートリーがほぼ皆無《かいむ》のルイを、一人で歌いまくって楽しませる必要がある。

これが思った以上に体力と気遣いを要する。幸いなのが、前世と同じ曲がアーティストを変えて大量に存在することくらいか。

歌いながらルイを見やる。合わせた両手の中で、人差し指同士と中指同士をくっつけては離すということを繰り返していた。よかった、リズムを取ってくれている。

ピアノを嗜《たしな》んでいるルイは、元々音楽というものが好きなのだろう。

口元には小さな笑み、楽しんでくれているのだろうか。彼女の素直な笑みを見るのは初めてだった。

嗄《か》れ果《は》てそうになった声帯に、命が湧き戻る。混んでるからといって二駅隣のカラオケまで来た甲斐《かい》があった。

歌い切った蒼は、深く呼吸してルイの対面の柔らかいソファに腰を落とした。

机の上にあるメロンソーダを口に運ぶ。カラオケに来るとメロンソーダを飲んでしまうのは何故《なぜ》だろう。

「上手ね」

「ほ、ほんとに!?　ありがとう!!」

喜びつつ、この蒼という人間の声帯が優れていることを実感する。

正直、歌っていてとても気持ちがいい。採点も90点台を連発している。

「さっきから俺一人で歌ってるけど大丈夫？　退屈じゃないかな？」

「そんなことないわ。歌は好きだもの。色んな歌を聞けて、とても楽しいわよ」

「歌うのもすごく気持ちいいよ。ルイも何か知ってる曲が一曲でもあったら歌ってみたらどうかな？」

「そ、そうね……」

顎に手を当てて考え込むルイ。一々わずかな動作で蒼の心臓の鼓動を止められてしまうのも考え物だ。

「セナの曲なら、ちょっとは分かるかも」

「お！　じゃあ、入れてみるね」

「で、でも歌えるかなんて分からないわよ!!」

慌てるルイを他所《よそ》に問答無用で端末に曲を送信する。

案ずることは何もない。蒼は、読者としてルイがセナの曲を完璧に歌えることを知っていた。

イントロが流れ始める。

ニコニコ笑顔の蒼にマイクを渡され、ルイは頬を赤らめながらそれを取る。

「……恥ずかしいから、あんまり見ないで」

視線を逸らしながらマイクを両手できゅっと握り締めるルイ。

危ない。鼓動が完全に止まってしまうところであった。

Aメロに差し掛かる。ルイが、控えめに声を出し、歌声をメロディに乗せた。

奥手に歌うのは最初だけ。やがて彼女の声は純粋に音楽を楽しむものへと変わり、彼女に彩られた曲は虹色になって部屋に響く。

（うっま……）

声の利かせ方、音程、何もかもが蒼よりも桁違《けたちが》いに上手い。

彼女に声を当てた声優であれど、これほど上手く歌うことは出来まい。蒼は開いた口を閉じる暇《ひま》をも惜《お》しんでルイの歌声とその姿に見惚《みと》れてしまう。

美しい声だ。物寂し気な曲調の中、寒冷な荒野を吹く風のように抜けていく声。

勝気な瞳は散った桜を憂《うれ》うように、潤《うる》んでいるように見えた。

固く握りしめた両手が緩《ゆる》み、柔らかい身振りに変わる。

世界的アーティストのコンサートを真正面で聞いているような感覚だった。

彼女が歌っている姿は、アニメで見たことがある。

だが、箱の前でそれを聞くのと、実際に目の前で魅せられるのとでは訳が違う。

目を閉じ、金色のツインテールを揺らし、胸に手を当てて曲に身を委《ゆだ》ねる少女の姿。

それはあまりにも、蒼には美しすぎた。世界の端っこから彼女目掛けて駆けてきた、彼には。

これまでの努力が、その尊さと美しさを前に全て報われたようだった。

曲が静かに閉じていく。

目を開けたルイは、子どものように口元を結び、満足げな表情だ。ルイは蒼を見やり、それから声を上げた。

「ちょ、ちょっと！　何で泣いてるのよ!!」

「いや、ごめん……感動しちゃって……ホント、ルイの上手さを表現する語彙《ごい》が見つからないよ……」

「アンタ何でも大げさなのよ!!」

号泣だった。他人のカラオケで感極まって泣くという経験は初めてである。

二人が押し合いへし合いしていると、画面ではドラムロールが流れ、見たこともないような高得点が叩き出されていた。

ＡＩからのコメントは、べた褒め。ルイの目が画面で止まり、切れ長の瞳が少し緩んだのが見えた。

こっそり心の中で喜んでいるだろうルイが、たまらなく愛おしい。

『はーい、鳳城《ほうじょう》セナです!!　今回の新曲はですね～』

次いで空気の読めない広告が画面に映し出される。結局、セナが新曲の魅力を伝え終わるまで、涙が止まることはなかった。

☆

「どうだった？　カラオケ」

蒼は駅の方へと歩きながら隣のルイに尋ねる。

「ま、たまにはこういう娯楽も悪くないわね」

彼女はなんだか強がって胸を張っているが、口元の綻びを蒼は見逃さない。

結果として、メインキャラたちの役を担えたことに、心の中でガッツポーズをする。

駅が見えてきたころに、蒼は一つ思い立った。

「そうだ!!」

ルイにその場で待っててもらうように言い、蒼は駆け足で街の中へと入っていった。

十分後。

「まったく、突然抜け出すなんてどういうつもりよ？」

いきなり待ちぼうけを食らわされたルイはいつものように不機嫌そうに目尻を尖らせている。

ルイを待たせている間にナンパにでもあったらどうしようかとヒヤヒヤしていたが、街行く男たちの見る目は壊滅的になかったらしい。

それが、ルイの悪評が学校外でもある程度広がっているせいであることを度《ど》し難《がた》く思う。

「ごめん、デートの途中で抜け出しちゃって!!」

「何が何でもデートにしたいのねアンタ。それで、どこに行ってたの？」

蒼は息を整えながらルイを駅の側《そば》にある前衛的なオブジェ兼ベンチに促す。

蒼も少し距離を取って腰かけ、手に持った袋をルイに渡した。

「プレゼントを渡すにはあんまり風情のある場所じゃないけど……開けてみて」

ルイはそっと小袋を開ける。

「これは……音楽プレーヤー？　セナが持ってたような……」

「うん。ルイは音楽あんまり知らないって言ってたけど、音楽自体は好きだと思うんだ。だから、これで、今よりも沢山の音楽に出会って欲しくて」

「そんな、いいわよ！　嬉しいけど、もらえないわ。すごく高いんでしょう、これ」

早乙女家の人間はその手元に集まってくる権力と財力故に金銭感覚が狂っている人間が大勢いるが、ルイはそんなことはない。

音楽プレーヤーは学生身分ではそれなりの大枚をはたくもの、というルイの金銭感覚は庶民的だ。

「ほら、七月はルイの誕生日だし」

「五月よまだ。ていうか何で知ってるのよ」

あげたい。もらえない。

そんな押し問答が続く。

「今日、付き合ってもらって本当に嬉しかったよ。そのお礼だと思って。まぁ、そのお礼だったらもっと高いものじゃないと気がすまないけどさ」

二分程度が経つ。先に折れたのはやはりルイの方だった。

「……………もう。そんなに言うなら、頂くわ」

ルイは押し合いへし合いした袋を自分の元へと引き寄せる。

しばらく音楽プレーヤーを見下ろし、それから蒼を見た。

「プレゼントなんて、凄く久しぶりだわ。本当にありがとう。沢山使うわね」

ルイは笑う。

何て美しい笑顔なのだろう。

彼女の笑顔は、誰よりも何よりも尊い。

この笑顔を守るためならば、本当に、何でも出来ると思えるほどに。

☆

電車に乗り、最寄りまで戻って来た二人。

朱莉とミミアが働くカフェに足を運ぶが、そこに行こうと言ったのは蒼である。

もちろん、目当てがある。窓際の席に座った二人に、ウェイトレスが近づいてくる。

「おっまたせ～！　イチゴのデラックスパフェだよ～ん!!」

ルイの好みは完璧に把握している。

故に、ルイの前に差し出されるのは彼女の大好物に他ならない。彼女はイチゴが好きだ。

予想外なのは、パフェを持ってきたのが朱莉ではなくミミアだったことだろうか。

「早乙女～、デートとは憎いねこのこの～」

肘《ひじ》でルイを小突くミミア。

フランクな店員だ。

「デートじゃないわよ」

ルイは再三否定する。ミミアは立ち去るかに思えたが、前屈《まえかが》みに組んだ腕をテーブルの上に乗せ、居座《いすわ》るつもりだ。

「いいなぁ～、ウチのパフェ、超美味《おい》しいんだよね」

そう言って、ルイのスプーンを使ってパフェを摘《つ》まむ。

何とも図々しい店員だ。といっても、蒼にとって彼女のそんな行動は好感しか覚えないのだが。

「ちょっと。あなた店員なんでしょ」

「メンゴメンゴ。カレシくんがせっかく奢《おご》ってくれたんだもんね～」

「…………」

「あいてててて、ほっへをふへるのははへへ～！」

解読するに、ほっぺをつねるのは止《や》めて、だろうか。

追い打ちをかけるように、ミミアの首根っこがひっつかまれる。

「ミミア。店長に怒られるでしょ」

朱莉だ。

とても不機嫌そうで、むずと摑んだミミアを奥へと引《ひ》き摺《ず》っていく。

「今いいところなのに～」

ミミアが捨《す》て台詞《ぜりふ》を残して奥に消えていく。蒼は苦笑いを浮かべる。

ルイも同じような顔をして、それから気を取り直して嬉しそうに一口欠けたパフェを見た。

「イチゴ好き？」

「え、ええ……そう見えたかしら？」

はしたないことをしたとでも言わんばかりに恥ずかしげな顔をする。

やはり育ちがいいのだろう。

「好きなものがあるのはいいことだよ。沢山食べて」

「……お待たせしました、ブレンドコーヒーです」

カチャン。強めの音を立てて、蒼の前にコーヒーが置かれる。

朱莉だ。虫の居所が悪いのだろうか、事務的な対応をして静かに去っていく。

「今の子、アンタに似てるわね」

「双子の妹だよ。俺とは違ってよく出来た子だけど」

「そうなの？　知らなかったわ」

そんな普通の会話が続いた。

蒼はコーヒーを時折喉に流す。やはり慣れない苦みはあるものの、会話が楽しくて顔に出ることはなかった。

ルイもルイで、好物を口に運ぶ度に表情筋が緩む。会話も自然と弾んでいった。

改めて今のルイを見ると、好物に喜び、ありふれた会話をする、普通の可愛《かわい》らしい少女であ

った。周囲の人間たちも、冷淡でキツイ性格という評価を改めるべきである。

パフェの嵩《かさ》が低くなっていく度に外の茜色《あかねいろ》が強くなっていき、ある所から少しずつ弱くなっていく。

店に人は少なく、煙草《たばこ》を吸うものはいない。今漂《ただよ》うのは果物とクリームの甘い匂いと、コーヒー豆の香り、常連と店主がぼそぼそと交わす会話くらいだった。

盛り上がっていたパフェはいつの間にか底まで消え失せ、蒼のコーヒーも会話を重ねていたらいつの間にか底が見え始めていた。

会話も何となく帰りを意識させる流れだ。

そんな折である。

ルイが一声小さく上げて、窓の外に視線を留めた。

蒼はルイの見る先を追う。

ハヤトだ。隣には、琴音がいた。

二人とも着飾った私服で街を歩き、恋人同士が邂逅《かいこう》を果たしたような親しさが溢《あふ》れていた。

ああいうのを、デートと呼ぶのだろうか。

主人公とメインヒロインが仲よくするのは当然のこと。読者にしてみれば、彼らの恋路は約束されているも同然。

だが、それは実際、主人公を好く他のものにとっては過酷な現実である。

ギャグテイストの嫉妬《しっと》で描かれることも多かろうが、片思いの相手が別の誰かと楽しそうに街を歩く辛《つら》さを、蒼は知っている。

蒼は沈むルイの顔を見る。

揺らぐ瞳は今、何を考えているのだろう。

彼女が考えている間にも、夕日がゆっくりと沈み、街並みは穏やかな藍色を増やしていく。

「…………ごめん」

しばらく俯《うつむ》いて考え込んだ後、ルイは言った。

蒼は首を傾《かし》げる。

ルイは頭を下げてから、「ごめんなさい」と蒼の目を見て言った。

「私。……好きな人が、いるの」

本人の前で口にしたことがないだろう言葉を、ルイは紡《つむ》ぐ。

ルイは罪悪感を目に沁《し》みさせながら蒼を見た。

「私、あなたのこと変な奴だと思うけど、嫌いじゃないわ。むしろ、全く褒められることなく生きてきた私に、あなたの言葉は心地よかったんだと、思うの」

「うん」

彼女の言いたいことは何となく分かったが、素直になれない彼女が珍しく語る本音を前に、自分の意見を挟む真似はしない。

「あなたは私のこと、好きって言ってくれた。でもそれって、私と友達になりたいって意味じゃないでしょう？　私には好きな人がいて、あなたの気持ちには応えられない」

優しく相槌《あいづち》を打って、言葉の続きを待つ。ツインテールがどこか萎《しお》れているようだ。

口元が微笑みそうになったのを、今は抑えておく。

「だから、あなたのことを突っぱね続けるべきだったかもしれない。自分でも今気づいたの。どうしてあなたと一緒に帰ろうと思ったのかって。私は、気持ちに応えることも出来ないくせに、私を認めてくれるあなたという存在に、自分を満たすことを求めてしまったのかもしれない。それって、自分勝手で、不誠実だと思うの」

ごめんなさい。彼女はまた頭を下げる。

「私は自分のためにあなたの気持ちを利用して、踏みにじってしまった。あなたにぬか喜びをさせてしまった。最低よ」

「そうかな」

「本当にごめんなさい。何と言ったらいいいか」

ルイは俯く。長い沈黙が訪れ、ジャズのメロディが穏やかに流れていった。

蒼は口元の笑みを隠すように、コーヒーの最後の一口を飲み干した。

――まったく、この子は。

――なんて愛おしいんだろう。

第七章『世界の片隅から、あなたに』

「そろそろ帰ろうか」

「…………ええ」

カードを翳《かざ》して早々に会計をすませる。中天は藍色と茜色に分かたれている。

二人並んで大通りを歩く。

「困るなぁ」

蒼がおどけた言葉とともに立ち止まり、遅れてルイも立ち止まり、振り返った。

「ルイは本当に俺を好きにさせるのが上手だ」

「な……！」

カッコつけている自覚がある。

夕日はいい照れ隠しの化粧になってくれた。涼風も、頬の熱を逃がしてくれる。

「俺のことを考えてくれて、本当に嬉しいよ。一番じゃない相手のことであってもちゃんと考えられる、それがルイの美徳だ。でも、ルイが申し訳なく思うことは、何もない」

広い通りには、人通りもまばらにある。だが、今の蒼には、ルイと自分、その二人しか存在しないような気がした。

「だって、これまでの日々で、俺のこと、ちょっとは好きになってくれたでしょ？」

ルイは無言で下に視線を向けた。

時が数秒を刻んだ後、「それは、そう……かも、しれないけど」と、遠慮がちにルイは頷《うなず》いた。

「ルイが自分勝手に俺を使ったんじゃない。俺が、ルイの懐《ふところ》をこじ開けたんだ」

蒼は笑う。

「ルイに好きな人がいるのは知ってるよ。その人をどれだけ一途に愛しているのかも分かってる」

ルイの熱情、それを作者は鮮烈に書き記していた。

幼少期から募らせた揺るがぬ愛情……自分が立ち向かうべきものの大きさを、蒼は理解している。そして、自分の中に滾《たぎ》る、目の前の少女への誰よりも大きな愛も。

「だけど、俺だって負けてない。ルイを世界で一番幸せに出来るのは自分だと思ってる。必ずルイを振り返らせてみせる。今日デートしたのも大きな一歩だ」

「……デートじゃないってば」

ルイは腕を組んでさらに目線を逸らす。が、口元には少しの笑みがあった。

「俺のことをちょっとでも好きになってくれたなら、そして俺のことを思ってくれるなら、俺を突き放すんじゃなく、俺と一緒にいてくれ。たとえ、一生ルイが好きな人間を愛し抜くと誓ってても。その気がないのなら、その気にさせる」

ルイは、蒼の目を見つめる。何て、可憐で雅《みやび》な青の双眸《そうぼう》なのだろうか。

蒼は逸《はや》る鼓動を抑えながら、力強く言い放った。

「勝負してくれ、早乙女ルイ。きみの一途な恋と、俺の一途な恋、どっちが勝つかを」

雑踏の音のみが流れる。

車が行き交い、自転車に乗った学生たちの声が近づき、遠のく。ルイの背後から風が流れ、金のツインテールが蒼のほうへと靡《なび》いた。

ルイは髪を手で押さえ、蒼の目を見つめ続けた。

「…………私、アンタが思ってるより一途よ？」

「俺だって負ける気はないよ。俺はルイのことが誰よりも好きだ」

蒼とルイは不敵に笑う。

「自信家ね。やれるものなら、やってみせてよ」

「上等、俺は何があっても諦めないよ」

ルイは振り返り、さっさと歩いていく。蒼は大股で歩き、すぐに彼女に追いついた。

「アンタ、すごいわね……超変な奴だけど」

「俺がすごいんじゃない。俺にそこまでさせる魅力を持ったルイがすごいんだ」

「バカ」

二人は笑う。

夕日は沈みかけているが、それに照らされたルイの顔は明るく見えた。

「送っていくよ」

「同じところに帰るのに何言ってるのよ」

そんな会話を交わしながら歩いていると、すぐに寮の前へと着いてしまっていた。

空には優しい夜の帳《とばり》が下りている。いつの間にか、都会の光に負けじと小さな点を浮かべる星がいくつか見えるようになっていた。

「じゃあ、また」

「ええ」

ルイがツインテールを揺らしながら女子寮に歩いていく。何とも言えぬ寂寥感《せきりょうかん》を蒼が胸に抱えていると、ルイが振り返った。

「悪くないデートだったわよ」

「えっ？」

完全に虚《きょ》を突かれた蒼。

ルイがいたずらっぽく笑い、言った。

「バーカ。嘘《うそ》よ。そんなんじゃ先が思いやられるわね」

してやられた。だが、転んでもただでは起きない。

「愛してるよ！」

「んなッ!?」

蒼は大きな声でそう言った。未だ女子寮に足を向ける学生が多い中でだ。

「公衆の面前で何言ってるのよアンタ！！！！！！！！」

鬼の形相のルイに追いかけられながら、蒼は男子寮に逃げ帰るのだった。

番外編その1
覗きの罰

「わー！　待ってよー!!」

「昨日遅くまで起きてたからでしょー!!　あんな時間まで外で何してたのさ!!」

呑気《のんき》な土曜日の朝。

エネルギッシュな若者が、いや、その中でもさらに活気に満ちた少女らが、柔らかで平《たい》らかな空気を切り裂きながら駆けていく。

羽搏《はばた》きミミア以下、友人三名。

「ちょっと野暮用～!!」

「またそれかい!!」

東から顔を出した日輪を横目に、灰色の街の上を泳ぐ鳥たちの鳴き声。夏に一歩踏み入れた早天の風は心地よく、少女らは和気藹々《わきあいあい》と街を行く。

今日は補講の日だ。友人たちはクラスは違えど、皆揃って補講に呼び出しを食らっているのであった。

番外編その１『覗きの罰』

その上、遅刻しかけているという体《てい》たらく。

「あーん！　碓氷《うすい》ちゃんにまた怒られるよー！」

筋肉痛の体を走らせながらミミアは嘆《なげ》く。碓氷ちゃんとは、Ｆクラスの担任だ。

ゆるふわ系、そう言われて生徒からの人気が高い女性だが、意外にも怒るとあの羽搏冥花《めいか》と肩を並べるほどに怖いのだ。

ここのところ寝坊癖が板についてしまったが、実に考えものである。

校門を潜《くぐ》ったのは、集合十分前。

だが油断はできない。この校舎は、国内屈指の敷地面積を誇っているのだ。

教室目掛けて一直線、だがその最中、ミミアはどうしても目を引く組み合わせを視界に入れてしまった。

岩槻巌《いわつきげん》と、ミミアの姉の冥花だった。校舎裏に設置された喫煙所に二人で腰掛ける姿に、ビビビと興味のアンテナが反応してしまった。

視界に入ったのは一瞬だが、大柄の巌と姉ながら容姿端麗な冥花はそれだけで存在感があった。最初はスルーしようと心掛けたが、気になって足が進まない。

巌とは幼馴染である。岩槻家と羽搏家、ＦＮＤ《フォンド》では由緒正しい『二番手』の内の一つであり、ＦＮＤの峰《みね》を独占する早乙女《さおとめ》家への反骨心《はんこつしん》か、名家同士として長い付き合いがあった。

ちなみに、冥花は両家の歴代戦士を合わせても群を抜いて優秀である。

遅刻するか、盗み聞きするか。足踏みをしながらその場で回転し、悩むこと数周。

「ごめーん、先行って!!」

友人たちがえー！　と声を尖《とが》らせるが、

「先行くよー!?」

「うん!!　また!!」

ミミアが手を振って見送ると、彼女たちは仕方なく走り去っていく。壁に身を潜《ひそ》め、ひょこりと顔を覗《のぞ》かせる。少し見たら教室へ行こう。

姉と幼馴染の横顔に聞き耳を立てた。

「怪我《けが》はもう平気そうですね」

「……ウス」

厳の横顔には先のトーナメントで小波蒼《さざなみあおい》に刻まれた傷を隠すような大きな湿布《しっぷ》が貼られている。

昔から強気な一面を持っていた厳。何度喧嘩《けんか》になったかは覚えていないが、それが昔から冥花の前だけでは気の抜けた猛獣のようになってしまうのだ。

冥花は冥花で、教師というよりは親戚を前にしたときのような優しい雰囲気《ふんいき》だ。

「それにしても、手酷《てひど》くやられたものですね」

冥花がクスクスと笑うと、厳は顔を赤くしてふんすと腿《もも》の上に肘《ひじ》をつき頭を乗せた。

「力を持つものは、力に溺《おぼ》れることなかれ。あなたのお父さんが口酸っぱく言っていることでしたね」

「……ウス」

いつも猛《たけ》っている幼馴染の毒気なく縮《ちぢ》こまった様相に、ミミアは口に手を当ててにししと笑う。

「あなたは、良くも悪くも才能を持ちすぎましたね。あなたはこの学校の中でも指折りの実力者ですが、自分の特別さに酔いしれれば、周りが見えなくなります。自分のいる場所すら分からなくなりますよ」

吐き出された煙が静かに昇っていき、空気と溶け合って消える。厳は煙を見上げる冥花を苦々しい表情で見ていた。

「まぁ、いい勉強になったでしょう。あれが本物の戦闘だったら、あなたは何かを考える間もなく死んでます。我々人類にとって、非常に手痛い損失《そんしつ》になる」

ちょうど、掃除係の女性が箒《ほうき》と塵取《ちりと》りを持って怪訝《けげん》そうにミミアの後ろを通り過ぎた。

後頭部に手を当てつつ、にへへーと中途半端な笑みを浮かべてやり過ごし、それからまたミミアは視線を戻す。

「私の仕事は、英雄を世に送り出すことではありません。私たちの教え子が、戦場で誰一人として命を落とさぬための術《すべ》を教えることです。決して相手を見くびらないこと、相手を知った気にならないこと、自分を特別だと思い過ぎぬこと。いいですね」
「……分かりました」
教師としての言葉に、厳はわずかに襟《えり》を正してちゃんとした返事をする。
鋭い空気が鳴りを潜め、冥花の空気はまた和らいだ。
柔らかい説教が続く。校舎裏の木々に止まった鳥たちが合いの手を入れ、ミミアは幼馴染の
ふやけた様子を遠目で見て笑った。
「なーにしてるのよアンタ」
「わっ!」
そんな折、背後から突然声を掛けられて、ミミアはいかにもいかがわしいことをしてました
とばかりに、大仰に振り返って壁に背を張り付けた。
「な、なんだ早乙女か……おどかさないでよー! こんな時間に何してんの?」
驚いたのも束の間、ミミアは胸を撫《な》で下《お》ろす。そこにいたのは、あからさまに怪しむような
視線を向けている金髪の少女だった。
早乙女ルイ。勝気な青の瞳で怪訝《けげん》そうにミミアを見ている。二つの尾に似たツインテールが
薫風《くんぷう》に揺れていた。
二番手としてよく見える位置にいるためハッキリ言えるが、早乙女家など才能と地位にふん
ぞり返っている傲慢《ごうまん》で性格の悪い連中ばかりだ。

番外編その１『覗きの罰』

だがミミアは、ルイには心を許している。

言葉や性格は刺々《とげとげ》しさもあるが、ぶつくさ言いながらもノートを見せてくれたり、連絡事項をそのときいなかったミミアにわざわざ教えてくれたり、意外に親切である。

そんな彼女は腰に手を当てて、相変わらずあからさまにミミアを不審《ふしん》がっていた。

「こんな時間に何をって、アンタのほうだと思うけど？　そんなところでこそこそしちゃって。人に言えないことでもしてるんじゃないの」

「してないよ!!　アタシはただ覗いてただけだし!!」

「……十分、人に言えないことだと思うわ」

視線を戻すと、冥花と厳は二人して闘技場の方へと向かっていった。聞き逃したとため息を吐《つ》きつつ、ミミアはルイに向き直る。

「で、早乙女は朝っぱらからなんなのさ？　……ははーん、さては小波っちと待ち合わせだなー？」

ちょっとの沈黙。ルイは少しずつ表情を変化させ、「はぁ？」とミミアに顔を近づける。

「な、ん、で！　毎日毎日私がアイツと顔を合わせると思ってるのよ！」

ずずいと顔を寄せられて、ミミアは徐々に後ずさる。が、背後は校舎、逃げ場はなし。

「えー、だって好きじゃん」

圧《お》されつつも笑いながら言うと、ルイはいつもの調子で声を上げた。

「べ、別に私は……‼」

「ふーん、違うの？」

否定しきらないルイに追撃してみる。

「………ぅ……」

「顔赤ー」

「な、なってないわよッ‼‼」

残念ながら見間違える距離ではない。ルイは跳ねるように下がると、腕を組んでそっぽを向いてしまう。

まだあれやこれやと言っているルイに構わず言う。

「メンゴメンゴ、それで結局何してんの？」

「………。夕方から碓氷先生に時間を取っていただいたのよ」

「真面目だねぇ。ん？　ってか夕方からなのにもういるの？　だってまだ――」

腕時計を見たミミアの体が、石像のように固まる。

ぽっかりと開いた口が閉まらない。決して逆行することのない時計が示すのは、集合時間よりも三分ほど先の地点であった。

しまった。

ミミアの様子を、ルイが首を傾《かし》げて見ている。

番外編その１『覗きの罰』

「こほんっ」

小動物の愛くるしい鳴き声のような咳払《せきばら》いが聞こえた。

ルイは滑《なめ》らかにそちらを向き、ミミアは錆《さ》びついたオンボロ機械さながらにそちらを見た。

緩く巻いた長い茶髪の女性がそこにいる。

常にニッコリ笑っているように見える細い目。

実際、彼女の口元は普段からなだらかな曲線を描いているのだが、細い目は生まれつきらしい。いつもニコニコしているせいで瞼《まぶた》の上と下が仲良くなってしまった、などと噂《うわさ》されているとか。

名は碓氷円《まどか》、年は二十八。

そんな彼女の背後に燃え上がる炎が見えるのは、気のせいだろうか。いや、口は笑っているが瞼がひくひくと動いている。

ルイが礼儀正しく頭を下げるが、ミミアの体は相変わらず動かない。

「はい、早乙女さんおはよう。もう来てるんだねぇ、感心感心」

鈴を転がすような声でルイと二、三言交わすと、彼女は柔らかに、それでいて隙がなく、ミミアの前にやってきた。

ニコニコ笑っているＦクラスの担任を前に、ミミアの顔から冷や汗が滝のように流れる。

「おはよぉ、羽搏さん」

親しき仲にも礼儀あり。覗いた罰なのかもしれない。

かくして羽搏ミミアの土曜日は幸先《さいさき》の悪い出だしとなった。

怖い。ふんわりした雰囲気と見た目のどこからこんな圧が漏れ出しているのだろう。

肩を摑まれたミミアから、情けない悲鳴が漏れた。

「……ぴぃっ」

☆

深夜三時から明るくなるまでのおよそ二時間弱をランニングに費《つい》やした。

ランニングは未《いま》だに好きになれない。片耳に差したイヤホンから朱莉《あかり》のオススメしてくれたセナの歌声が流れてこなければ、苦行中の苦行である。

汗を濡れタオルで拭《ぬぐ》いながら校門へと向かう。丁度、野球部の集団が門扉の奥でストレッチをしていた。

蒼の知り合いもぼちぼちいる。

バラバラに気だるげに動く集団の頭の中は、眠い、ダルい、めんどくさい、今日も顧問にどやされるのかといった憂《うれ》いを含んだものだった。

ちなみに、聖雪《せいせつ》は授業で肉体強化に費やす時間が異常に多いので、部活もそれなりに強いらしかった。

しかし、そこに駆け足で一人の部員が寄ってくると、皆が軍隊のように一律に動きを止めた。

この言葉の、せいである。

「おい!! あっちの広場で鳳城《ほうじょう》さんがライブの練習してるぞ!!」

ギラリ。

男たちの目が鋭い光を帯びた。

強い覚悟の光だ——怒られてもいいからそこに赴《おもむ》かねばならぬという。

「行くぞ!! 村上《むらかみ》が来るまでまだ時間ある!!」

「生歌だおらぁぁぁぁ!!」

村上とは、コーチのことだろうか。

ここら一帯だけ、眠気を孕《はら》んだ朝から情熱の昼間のような雰囲気へと変貌《へんぼう》していた。

友人の数人が、蒼に気付く。

「おいナミ!! 鳳城さんのライブだ!! 共に行こうぞ!!」

腕を引っつかまれ、半ば引きずられるように蒼は連行されていく。ナミとは、野球部の友人らが蒼を呼ぶときのニックネームだ。

苦笑いを浮かべながらも、蒼はやぶさかではない。

彼は文句を言いつつもずっとセカゲンのファンである。

戦闘シーン、ストーリー、魅力は数多くあれど、最も大きく魅力の割合を占《し》めているのはやはりキャラクターであり、セナの歌が生で聞けるというなら内心はウキウキだ。

ルイはもちろんのこと、ミミアや琴音《ことね》、ハヤトであっても話すことがあれば心は弾む。

広場に着くと、他の部活の部員たちも、下級生上級生問わず黄色い歓声を上げるファンと化していた。

少し盛り上がった場所で、セナは衆目を浴びている。野球部の面々が着席すると同時、彼らに向かって二十代くらいの男性が走ってきた。

「おいお前ら何してる!!」

「げッ!!　コーチ!!」

「あ、いや、これはその!!」

「おわた……」

戦々恐々《せんせんきょうきょう》といった面持ちの坊主頭たちに、村上コーチは叫ぶ。

「俺も呼べよッッ!!」

野球部全員がずっこけた。なんとも古典的な様式美である。

セナは本当に国民のアイドルなのだろう。引率《いんそつ》するように堂々と着席したコーチに、友人が問う。

「い、いいんですかコーチ……」

「致し方ない。監督には内緒にしとけよなお前ら」

「いや、でも監督ならもうあちらに……」

「え!? 監督なんでいるんですか!?」

「うむ。……む、娘がファンでな」

初老の男性がファンと公言するのは憚《はばか》られるのだろうか、などと蒼は思う。

「それに、こいつらはこうやって景気づけした方が練習に本気出してくれるだろ。お前ら、ここで使った時間分、集中してやれよ」

「「「「はい！！！！！！」」」」

前に野球部が尋常ならざる覇気で声出ししているのを見かけたが、あれもこういうイベントの後だったのだろうか。


野球部のゴタゴタから離れると、テニス部も、バスケ部も、チア部も、似たようなことが起きていた。

改めて老若男女《ろうにゃくなんにょ》から愛されるセナのアイドル力に脱帽《だつぼう》しつつ、蒼は手ごろな場所を探す。

何とも賑《にぎ》やかで楽しい場所だった。蒼が生きていた前世でも、彼が見逃していたこんな出来事があったのかもしれないと思うと、少し淋《さみ》しい気持ちになる。

「んげ……!!」

「…………よう」

直後、蒼は蛙《かえる》のような声を出して顔面を引きつらせた。離れた場所でセナを見守るように立っている赤髪の少年と目が合ってしまったからだ。

如月《きさらぎ》ハヤト。

主人公であり、超厄介な蒼のライバルだ。まぁ、向こうはそうは思っていないだろうが。

恐らくセナに寝ているところを無理矢理連れてこられたのだろう、寝癖《ねぐせ》がちらほら見える。

彼は薄く苦笑しながら緑の瞳で蒼を見ている。

「ちゃんと話すのはこの前のトーナメント以来だな」

「お、おう」

「……ちゃんと話すのは、この前のトーナメント以来だな」

彼はもう一度同じ言葉を強めに繰り返した。

ハヤトの言いたいことを察し、やべ、と蒼は思った。

「俺、勝ったよな?」

「えー、何が?」

とぼけてみせるが、目は泳いでいた。

彼が何を言いたいのかは分かる。先のトーナメントで、蒼はハヤトに勝負を吹っかけ、約束した。

ハヤトが魔導王という称号を冠《かん》していることを知っている理由を、ハヤトが勝ったら話すと。

結果的にハヤトが勝ったが、蒼はまだ一文字たりとてその理由を話していない。

「まだ教えてもらってねーぞ」

「…………はッ!!」

蒼は妙に強がった声を出した。

「俺ぁお前に勝っちゃいねーけど、お前に負けてもないからな!!　話してやんねー!!」

あのときの勝負は、冥花先生の干渉《かんしょう》でちゃんとした決着がついていない、よって負けてもいないから話す道理はない、という言い分。

自分でも苦しい言い訳だと思いつつ、逃げるように蒼はその場を走り去ることにした。

「おいこら！　話が違うぞ！」

ハヤトの困ったような声が、蒼にはちょっと嬉しい。

話して彼が信じるかはさておき、とくに話さない理由もないのだが。

蒼は、ハヤトに対する青臭い対抗心のまま、話すことを拒否したのだ。

(すげー子どもだな、俺)

そう自分を咎《とが》める。

ハヤトに対しては、どうにも意地悪な態度を取ってしまう。

それにしても、もう六月になろうというのにハヤトから今までそれらしい言及一つなかったというのは、お人よしというか何というか。

スピーカーから流れる音源を遠くで聞きながら、セナの歌を聞けなかったことを嘆きつつ蒼はその場を後にした。

空はすっかり明るくなり始め、鳥のさえずりがどこからともなく聞こえてくる。

観客たちの声援が、わずかに風に乗って耳に入っていた。今日も今日とて、いい天気になりそうである。

少しの間敷地内を走った後に、蒼は立ち止まる。視線の先には、円形の第一闘技場があった。

高い壁の上から、青白い閃光が見える。

遠くに見える稲光《いなびかり》のようにそれは何回か発光すると、遅れて焦《こ》げつくような匂いがやってきた。

「…………俺、やっぱ変態なのかな」

蒼は頭を掻《か》きながら一人ごちる。

その光を数秒だけ見、灼《や》けつく雷の匂いを嗅《か》いだだけで——それが二年前に自分を救った光だと、すぐに気付いてしまったからだ。

☆

闘技場の選手用の入り口から、こっそりと中を覗いてみる。

肩で息をする少女の横顔が見える。

『煌神具《コスモギア》』を解除したのか、戦闘衣を身に纏《まと》っている。戦闘衣は、体に張り付く素材なため、彼女の細身なスタイルがよく映えている。

手には木刀を握っている。

（『煌神具』を使ったのか……？）

蒼は少し不安だ。

彼女が『煌神具』を使うことは、原作でも滅多《めった》になかったからである。

ルイが肩で大きく呼吸を繰り返し、ツインテールが背中をさするように上下に揺れる。

二年前と同じ光景であった。彼女が荒い呼吸をしているのは、疲れのせいではない。

ルイは手に持った青の鍵を憎々しげに見つめると、

「くそッッ!!」

黄土色の地面に力強く鍵を投げ捨てた。鍵は空《むな》しい音を立てながら抵抗するでもなく地面を転がり、ルイは膝に手を当てて苦しそうな呼吸を繰り返す。

『煌神具』を上手く使えない。

それが彼女をＦクラスたらしめている理由であった。

しかも、その原因は彼女自身のせいではなかった。

彼女の人生は、テレビの向こう側にいた少年の胸中を痛めつけるほどに辛辣《しんらつ》で、不遇で――

「……!!」

次の瞬間、蒼は自身の体から力と熱が抜けていくのが分かった。

まるで、ルイという人間に、自身の魂を全て吸い取られてしまったかのようだった。

意識すらが、蒼の元を離れてルイへと吸い寄せられていくような感覚。

虜《とりこ》にする、とはまさにこういうことを言うのだろう。

体を起こし、前髪をかきあげ、決して折れず、諦めない強い意志を持った青の瞳で再び目の前を力強く見据《みす》える彼女の姿は、それほどに勇壮で、偉大で――何より美しかった。

あの日、文の中で、テレビの奥で、そして今、目の前で……彼女の生き様は蒼の心を摑んで離さない。

世界中の美しいものが全て一様に彼女に牙を剝《む》いたとしても、歯が立たないだろう、と蒼は思う。

どれだけの悪意や醜《みにく》い言葉に苛《さいな》まれようと、どれだけの辛い境遇に巻き込まれようと、彼女は負けて終わることなどせず、また立ち向かっていくのだ。

それが重音《かさね》と蒼が惚《ほ》れた、早乙女ルイという少女であった。

鍵を拾い、彼女はまた訓練に励《はげ》む。

☆

蒼が我に返ったのは、ルイが強い陽射《ひざ》しに対して汗を搔《か》き始めたころだった。

それまで、彼は鍛錬《たんれん》をするどころか一歩も動くことはなかったし、ルイもルイで鍛錬を止《や》めることはなかった。

額の汗を拳で拭い、ルイは空を見上げる。

（ずっと覗いちゃってたな……）

申し訳なさに蒼がその場を離れようか迷っていると、場違いに間の抜けた声が闘技場の中から聞こえてきた。

「んにゃご」

猫だった。闘技場に迷い込んだふくよかな猫は、ルイの側《そば》をゆっくり通りすぎるかに思えたが、そこで止まる。

「何よ」

ルイは猫に言う。

「危ないからあっち行ってなさい」

「んにあ」

ルイが木刀を下ろして猫に訴えるが、そんなことを欠片《かけら》も気にせず猫は木刀の側に寝転がり、何回も木刀を叩く。

「こら、これは遊び道具じゃないのよ」

木刀をずらすと、猫はそれを追いかける。

もう一度ずらすと、また追いかける。

「む」

そんなことを繰り返していると、ルイの表情は少しずつ柔らかくなっていった。

次第に、猫のために木刀を動かすようになっていく。彼女は動物好きだった。

「……うりうり」

しゃがみこんで腹を見せる猫を撫でる。猫は嬉しそうな声を出してくつろいでいた。

何て愛らしい光景なのだろう。

そんな一幕を微笑みながら見つめていた蒼の携帯が、仄《ほの》かに振動を伝える。

ニュースアプリの速報通知だった。必要最小限の情報が簡潔に書かれた文章を読む。

『国際指名手配中のテロ組織CODE《コード》：I《アイ》の工作員エブレス＝J＝キュクレシアス、奥多摩《おくたま》近辺にて目撃か』

携帯を握る手に力が入る。

廊下の暗がりの温度が冷えたような気がした。

もう一度、日の当たる場所で猫と戯《たわむ》れる可憐な少女を見やる。

美しく木刀を振るっていた姿や、一緒に登下校をしたときの姿、ルイが過ごす何てことない日常が、幾多《いくた》にも頭の中に浮かんだ。

「…………絶対に守ってみせる」

自分の使命を確認し、まだ見ていたいと思わせる幸せな光景に後ろ髪を引かれながらも蒼は鍛錬へと向かう。

全ては、唯一《ただひと》つの目的のために。

まだ、強さが要《い》る。

☆

六月になった。

蒼はいつもの喫茶店で眠気覚ましにコーヒーを嗜《たしな》んでいた。

聖雪に入学したからと言って、彼は日々の訓練を怠《おこた》らない。中学までと違い、聖雪は授業内の戦闘技能訓練の割合が非常に高いので、昼間から研鑽《けんさん》できる。

それを加味して睡眠時間は以前よりやや増えた。本当はそれでも睡眠時間を削ろうかと思ったのだが、刹那《せつな》と朱莉、霧矢《きりや》に本気で制止されたので止めた。

今でも夜が明けるずっと前からグラウンドで稽古に励んでいるし（そして朝になればルイに登校を誘いに寮へ戻っている）、ルイに帰りを断られたら大抵の放課後は冥花先生や他の教師に稽古をつけてもらっている。

どちらかというと、問題なのは一気に難易度が上がった勉学の方であった。

さて、セカゲンの原作一巻もじきに終わる頃である。

結局振り回されまくったハヤトの学校生活。美少女たちとの波乱に満ちた日々は怒濤《どとう》のように流れ、やがて最後の戦いに行きつく。

蒼の決意の行く先は近い。

窓際の席で日々少しずつ強くなっていく陽射《ひざ》しを見ながら、蒼は午後に控えたルイとのデート（もちろんデートと言い張っているのは蒼だけだが）に思いを馳《は》せていた。

「小波くん」

コーヒーに口をつけようと思った矢先、透《す》き通《とお》った水流のような声が蒼の横から聞こえてくる。

見上げると、学校に舞い降りた天使兼世界に愛された美少女琴音が、その優しいルビーの瞳を蒼に向けている。

「白峰《しらみね》さん。よく来るの？」

「いいえ。今日は、少し小波くんにお話をと思いまして」

メインヒロインが直々に何の用だろうか。

ともあれ向かいに琴音を促し、蒼は居住まいを正す。

周囲の視線は琴音に釘付けであった。店長のカップを拭く手が止まっている。

彼女の神々しさがあると、なおさら蒼の地味さが目立つようで、あまり心地のよい空間ではない。

事実、何だあの少年は、どういう関係だと探るような視線が痛い。

こんな嫉妬《しっと》交じりの尖った視線をしょっちゅう浴びているハヤトに少し同情する。

とはいえ、モブを自認する蒼にメインヒロインから声が掛かったという事実には、少し浮かれてしまう。

「失礼しますね」

この世を統《す》べる神が一本一本丁寧に織《お》り込《こ》んだような銀髪は陽射しを受け入れて一緒に光っているように見える。

ウェイトレスがおっかなびっくり注文を取りに来て、琴音は柔和《にゅうわ》な笑顔でコーヒーを頼む。

常に見られる立場の人間に安らぎの時間はあるのだろうか。

ハヤトを思い出し、いや、あるのだろう、と蒼は思い直す。

「話っていうのは？」

「ええ、小波くんは聖雪で優秀な成績を収めている、もしくはその見込みのある生徒をFND奥多摩支部の訓練生として受け入れる制度を知っていますか？」

「まぁ、話くらいは知ってるかな」

確か、琴音とハヤトはそれに引き抜かれているはずだ。

これに引き抜かれた時点で、FNDへの就職は確定と言ってもいい。まぁ、それまで死ななければの話だが。

「実は、その件について、奥多摩支部から直々《じきじき》に小波くんを引き抜きたいとの打診がありました。もちろん、訓練生といっても実際に『トウカツ』との戦いに駆り出されることもある危険な制度ですし、返答の期限はまだまだありますので、ゆっくり考えていただいて」

「なるほど。とりあえず、来週くらいには返事します」

ルイのことしか考えていなかったが、ある程度実力を認めてもらえているのは嬉しい限りだ。

蒼はコーヒーを口に運び、直視しがたい琴音の姿から逃げるようにメニュー表を眺める。

気まずい。琴音も何もしゃべらない。

昼前のわずかな賑やかさがジャズの手前に聞こえてくる。

店員を呼ぶ声に、店員が声を張って近づいていく。ボックス席から聞こえる中学生たちの駄弁《だべ》る声は平和そのもの。

時代遅れのおじさんが後輩に偉そうに高弁を垂れる内容もよく聞こえる。

古いタイプのレジがチーンと間の抜けた音を鳴らし、人が帰り、また別の客がやってくる。

結局、コーヒーが運ばれる前に話し終えてしまった。

この程度の話、何故《なぜ》学校で話してくれなかったのかと思う。何か別に話すことでもあるのだろうかと琴音を見やると、どうやらそのようだ。

晶栄玲瓏《しょうえいれいろう》な彼女に似合わず、少し気恥ずかしそうにもじもじとしていた。ここは蒼から聞くしかあるまい。

コーヒーが琴音の前に置かれたのを合図に、蒼は尋ねた。

「他に何か？」

「え？　は、はい。その……ちょっと、相談がありまして……」

メインキャラたちではなく、蒼に相談とは何事か。周囲に聞こえないように、琴音は少し身を乗り出し、小声で言う。

「あの、私、実は、好きな人がいるんです」

「…………ほう？」

「その人とは深い愛を誓い合った仲なんです。でも、紆余曲折《うよきょくせつ》あってお互い離れ離れになってしまって。もう一度会えたのはいいんですが、何分環境が変わってしまったのもあり、向こうはあのとき愛を誓った私だと気づいていないんです」

蒼の動揺を他所《よそ》に、スイッチの入った琴音は小さい声ながらハッキリと喋り続ける。

「しかも、彼ったら、沢山の女性に囲まれて、皆に想いを寄せられているんです。もちろん、彼はとても優《すぐ》れた人ですし、優しいですし、男気のある人ですが、あろうことか周りの魅力的な女性たちに囲まれて、ヘラヘラと……!! それはもう、ムカついてムカついて……!!」

拳を握り締め歯噛《はが》みする琴音。それでも上品なのがすごい。

主人公に対する読者の評価と主人公に対するヒロインの評価にズレがあるのはこの際置いておこう。

それより、まさかの恋愛相談をされているという事態に、蒼は眉を掻いた。

彼女の相談は一見普通の恋愛相談に聞こえる。子どもの頃に結婚をしようと誓ったが向こうはそんなことを忘れて大人になってしまった、とか。

しかし実際は、そういう次元ではない。

白峰琴音。彼女がメインヒロインであることには理由がある。

彼女は名を二つ持つ。もう一つの名はシーシャ=エルグ=オグル=ラステリア。

ハヤトが元いた世界で、彼と恋仲にあったラステリア大帝国の第三王女、その人である。

彼女もまた、死に別れたと思ったハヤトを追い求めて魔法を研究し続け、鏡合わせのこの異世界に転生してきたのだ。

ハヤトと違うのは、違う人間の魂に宿る形の転生であるため、魔法も使えず見た目も変わってしまったことである。どちらかというと蒼のそれに近い。

これは、とんだ恋愛相談に巻き込まれたものだ。

「それって、自分が昔のあの人ですって説明すれば分かってもらえるんじゃないかな？」

「ええ。私もそうしようと思いました。土砂降りの高架橋の下、夕暮れどきの公園、夜景を見渡せる展望台の上、様々なシチュエーションで、今だと思ったタイミングで打ち明けようと思ったんです……！　なのに、何故かいいところでいつも邪魔が……!!」

「あぁ～……」

蒼は同情の声を上げる。

セカゲンという物語は、琴音とハヤトのすれ違いも物語の趣向《しゅこう》として存在する。

ハヤトが琴音をシーシャであると認識するのはまだまだ先であり、それまではあれやこれやと妨害イベントが発生しまくるのだ。

事実は小説よりも奇なりですね、などと言う琴音が少し可笑《おか》しい。

「私、そんなこともあって、素直になれないし……嫌われたらどうしようって。他の子たちに負けないように、私ももっと好かれるようなことをしたい、そう思うのに、彼を前にすると、どうしても上手く出来ず……」

清楚《せいそ》で上品、誰にでも優しく接する完璧な美少女である琴音が、ハヤトの前では素直になれず、抜けた面も見せる。

このギャップが、彼女が読者に好かれる理由だ。

蒼からしてみれば、ストレートなツンデレ枠のルイと立ち位置がやや被るので複雑である。

「小波くんは、いつも早乙女さんに真《ま》っ向《こう》から愛を伝えていますよね。本当に尊敬します。私、どうして小波くんがそんなに自分の気持ちに素直になれるか、知りたいんです」

琴音はまっすぐ蒼を見つめる。

やはり元々王女をしていただけあって、その目に宿る力は強い。蒼は、王女に謁見《えっけん》する使者の如く恭《うやうや》しく、慎重に言葉を選ぶ。

「そうだね……俺は、ただ、後悔したくないんだ」

「後悔？」

「ルイに話しかけ続けるのは、楽なことばかりじゃない。恥ずかしい気持ちとか、嫌われる恐怖とか、断られる不安とか、今だってなくなったわけじゃない。でも昔、何もしなかったことで味わった後悔に比べたら、何も怖いことじゃないって思うよ。それは、凄く恐ろしいことなんだ。死ぬ間際に、二度と帰れない場所に何か大きなものを置いてきたら、もう触れることは出来ない。永遠のように長い死の一瞬前で、無限に後悔することになる」

濁《にご》った蒼穹《そうきゅう》と、見向きもされず、孤独に潰《つい》えた最期《さいご》は、今でも写真のようにはっきりと浮かぶ。

前世に思いを馳せることが未だにあるが、もう手の出せないあの場所は、苦い記憶として、そして今も漲《みなぎ》る原動力として、脳裏にこびりついている。

「この人生に、絶対に後悔は残したくない。俺はルイが好きだから、体が粉になろうと、この愛を諦めない。…………………て、ご、ごめんッ、変なこと言ってたよね？」

「いいえ……とても、とっても、素晴らしいです」

琴音は指同士を軽くくっつけて笑う。その視線に確かな尊敬の念を見出し、蒼は照れ臭さを隠すべくコーヒーを流し込んだ。

苦い。しかし、苦みが新しい言葉を喉の奥から引っ張り上げる。

「でも、これは俺の話だよ」

「？」

「白峰さんは、そのままでいい」

琴音は首を傾げる。

髪がふわりと揺らぎ、きらりと白銀の光を反射する。

「白峰さんはそのままで大丈夫。白峰さんの気持ちは必ず届く。あなたはとても素敵な人だ。皆がそれを分かってる。あなたの好きな人は、今もあなたのことを愛しているはずだよ。無理に変わろうとしなくても、必ず白峰さんはまた愛される。俺の古いじみた言葉は当たるって、よく言われる」

最後の言葉は方便だったが、琴音は蒼の目を見て微笑む。

まるで天使のようだと思いながら、残酷だ、そんな言葉もまた過《よぎ》る。

蒼が言ったことは事実だ。

琴音は、物語のレールにいる以上、必ず報われる。

彼女はメインヒロインであり、ハヤトの愛を受けるのもまた彼女一人なのだ。

反面、物語のレールにいる以上、他のヒロインたちは他の男に靡《なび》くことなく最後まで報われぬ片思いを続けることが確定している。

未来を知っているからこそ、何とも言えない気持ちになる。そして蒼は、その不動の恋に挑まなければいけない。

「じゃあ。俺はそろそろ行くよ」

「もう行かれるんですか？　もう少しお話を聞きたかったです」

「ああ。白峰さんみたいな綺麗な人と噂になったらたまらないからね」

気取った台詞《せりふ》を言いながら蒼は立ち上がる。本当のところ、もう待ち合わせの時間だ。

レジに向かう気配を察して、店員がスタンバイする。

レシートを手渡した。

「お支払いはどうなさいますか？」

「一緒で」

「別々で」

隣を見ると、いつの間にか琴音が水色のカードを提示しようとしている。

「噂になりたくないなら、割り勘の方がいいですね」

「抜け目ないね、白峰さん」

「でも、友達として噂になるなら大歓迎です。またお話聞かせてください」

顔を合わせ、笑う。

別々に会計を済ませ、蒼はカフェを後にするのだった。

☆

そろそろ午前から午後に切り替わろうとする時間帯である。待ち合わせをする人々を眺めながらルイはぼやく。

「小波の奴、おっそいわね」

そんなことはない。ルイがたまたま早く来すぎただけである。

まだ待ち合わせ時間まで長針が一周するほどの余裕がある。

(まるで私がめちゃくちゃ楽しみにしてるみたいじゃない!!)

とはいえ、いつも彼は待ち合わせの二時間前というどう考えても時間を持て余すほど早く来ているので、何かあったのかと心配だ。

白のワンピースを見下ろす。ハヤトたち以外と私服で出かけるなんていつぶりだろう。

ルイに好意を寄せる変人のことを考えながら、待ち合わせの時間が来るまでボーッと時計台の秒針を眺める。

絵に描いたような平和だった。

風も心地よい。

人の流れは緩やかで、柔らかく暖かい陽射しが落ちる穏やかな空間。

――そんな安寧《あんねい》を破るように、低く唸るようなサイレンが街に響き渡った。

雑踏が突然慌ただしくなる。相変わらず、人間の不安を底から揺さぶるような不快な音だった。

『緊急警報、緊急警報。「不干渉毒野《デルタ・サーバー》」に歪みを確認、「トウカツ」発生の予兆《よちょう》あり。現界予想場所は奥多摩ニューシティB-04。速やかに近くのシェルターへの避難を開始してください。繰り返します、「不干渉毒野」に歪みを確認、「トウカツ」発生の予兆あり――』

悲鳴が上がり、子どもが不安がって泣く声が上がる。

人の流れが一気に加速し、居合わせたFNDの職員が声高に避難所へ誘導を開始し、その間隙で本部に連絡を回す。

ルイは空を見上げた。

『トウカツ』発生の予兆である、単色の巨大なオーロラが被さっている。緑色に染まる空を仰ぎパニックは爆発的に加速する。

行き交う人々に肩をぶつけられながら、ルイは振動する携帯を取り、耳に当てた。

『ルイ‼』

「小波、今どこ？」

『もうすぐ待ち合わせ場所‼　俺も後から行くから、ルイは早くシェルターに‼』

急く蒼の声。

その声音は、ルイの身を必要以上に案じているように聞こえた。

『ルイ！　ルイの正義感の強さはルイの無限にある好きなところの一つだよ！　でも、必ずシェルターに避難するんだ‼　何があっても戦ったりしないようにな‼』

「分かってるわよ。私は学生で、討伐はＦＮＤの仕事。彼らの邪魔はしないわ。アンタこそ大丈夫なんでしょうね？」

蒼の必死さに、ルイは眉をひそめる。

こんな状況で心配になる気持ちは分かるが、それにしても彼の言葉は、それを遥《はる》かに超え、ほぼ束縛に近かった。

（どうしてそこまで……？　まるで、あのことを知っているみたい。でも、そんなはず……）

ルイの秘密を、彼が知っているはずがない。あれは、セナとルイ、そしてハヤト、三人だけの秘密なのだ。

考えすぎか、そう思うが、小波蒼という人間にずっと前から抱えていた疑問を思うと、あながち杞憂《きゆう》でもない気がしてしまった。

人が駅構内の緊急避難シェルターへと流れ込んでいく。

また空を仰げば、緑色の流星が五つ、街に向かって降り注いでくる。あの中に、破滅がいる。

街の人間は目に見えて減っていく。

ここは『トウカツ』が最も襲来する都市、それに備えたシェルターも至る所に存在し、その規模もこの日本一の都市の人間たちを完全に匿《かくま》えるほどのものだ。避難訓練も頻繁に行っているため、人々の対応は早い。

流星の一つがどこかのビルに着弾し、爆発音が人々の悲鳴を巻き上げる。

ルイはそれほど焦ることなく最後尾で駅の構内に入るのを待っていた。

また一つ流星が飛来する。轟音《ごうおん》が地面を揺らし、獣の遠吠えのような音が人の消えていく街の中に広がっていく。

「……何？」

人々の悲鳴が次第に遠のいていく。破壊の音と殺意の雄叫《おたけ》びが大きくなっていく中で、ルイは小さな何かをその耳で拾った。

弱く、か細い力で必死に何かを伝えようとする、虐《しいた》げられるものの声だった。

（誰かいる？）

親とはぐれた子どもか。そんな予想が脳裏を奔《はし》ったときには、ルイは蒼の言葉も忘れて正義感のままに駆け出していた。

人の姿がみるみる減っていき、大通りには投げ出された車やゴミ、そしてピンと張り詰めた空気とサイレンの不愉快な音が残る。

獣の雄叫びと破壊の音、ノイズ交じりの泣き声が鮮明になっていった。

ルイは走る。

「大丈夫⁉」

ビル同士の細い道の最中に、うずくまる女の子がいる。駆け寄り、大泣きする少女の背中に手を回し、撫でた。

「お、お母さん……が、いなく」

「お母さんとはぐれちゃったの？　大丈夫よ、お姉さんが必ずお母さんのところへ連れていくからね。一緒に行こ？」

少女は泣きながらも頷《うなず》いた。ルイは少女の腋《わき》の下に手を入れて持ち上げ、強く抱えてから転ばないよう慎重に、されど出来得る限りの速さで路地を抜けていく。

人気《ひとけ》のない大通りは化け物の到来にふさわしく不気味だ。ゴミが風で転がり、ビルの中ほどに設置された巨大なモニターがチカチカと誰も見ることのない広告を打ち出す。

そこに表示される巨大なタレントの笑顔が、かえって気味が悪い。

ルイは通りの真ん中を駆けながら近場のシェルターへと急ぐ。

……しかし、十字路に差し掛かったときだった。耳をつんざく轟音と共に、背後にあった車が吹き飛んだ。

女の子をしっかりと抱きしめ屈んだルイの頭上を、車体が舞い、目の前を塞《ふさ》ぐように落下する。

ガラスの破片が体にぶつかり、痛いほどの風が荒ぶ。ルイは背後を振り返った。

人の見た目を模《も》し、頑強な純白の鎧に身を包んだ全長三メートルほどの怪物。

鎧すら、その不気味な怪物の生命の一部。兜《かぶと》から浮き出た乱杭歯《らんぐいば》だらけの巨大な口が、ルイを認識してカチカチと音を鳴らす。

『『騎士型《ナイト》』……大方、Cランクってところね……』

目も鼻もない、口だけのまさに異形らしい相貌《そうぼう》。

腕の先は手ではなく剣の如く尖り、ギザギザの刃《やいば》の周りを可視の風が渦巻いている。

怪物とルイの間の地面には亀裂が走り、亀裂の通り道にあった車はもれなく真《ま》っ二《ぷた》つになるか爆発して消し飛んでいる。

マズい。シェルターまではまだ距離がある。

怪物が剣と一体化した腕を振り上げる。ルイが身構えた瞬間、巨大な体軀に似合わない速度で、怪物が肉薄を終えていた。

「嘘《うそ》」

番外編その１『覗きの罰』

ルイは本能的に横に飛び出した。

叩きつけられた刃から、暴力的な風が膨れ上がる。地面を亀裂が縫い、そこから噴き出した緑の風が車を吹き飛ばし、切り刻み、叩きつけられた風圧がビルの窓を吹き飛ばす。

少女の悲鳴がガンガンと鼓膜を揺らす。

少女を庇《かば》うように背中から地面に落ちる。

揺らぐ視界に、怪物の影。

突き。

ルイの顔面目掛けて放たれたそれを、ルイはすんでのところで飛び出してかわした。

しかし、今度は風圧をもろに背中に喰らい、彼女の体は宙を舞う。

この子だけは守らなければ、その一心で背中を地面に向ける。先の惨劇を生き延びた車のボンネットに叩きつけられるが、少女に怪我はなさそうだ。

今の一撃は都合がいい。吹き飛ばされたが、結果的に距離は取れた。

少女を逃がすには、悪くない距離だ。

ルイは抱いた少女を下ろし、頭を撫でた。

「いい？　あそこまで全速力で走って逃げるの。大丈夫、あなたは強い子よ。あなたには、指一本も触れさせないから」

駅の方を指差す。

ルイの最後の強い言葉に、少女は、嗚咽《おえつ》を漏らしながらも頷いた。

少女の背中を軽く叩き、先へ促す。少女が走っていくのを見送ると、ルイは深く息を吐き、立ち上がりながら不気味な怪物を明確な敵意を以《も》って睨《にら》み付《つ》けた。

少女が逃げるまで、またはＦＮＤが駆け付けるまでは、時間を稼がなければいけない。

「……戦うしか、ないか」

ルイは懐から青色の鍵を取り出す。握った拳がわずかに震え、汗が滲《にじ》む。

それでも、この怪物をこのままには出来ない。

「『共鳴《ハウ》れ』」

鍵が青く発光し、震える。怪物が腕を横に振るい、可視の鎌鼬《かまいたち》が半円を描きながらルイへと飛来した。

鍵の震えがさらに大きくなり、やがてルイの手を飛び出して自律的に宙を動き、風を迎え撃つ。

鍵と風がぶつかるが、鍵はその拮抗《きっこう》に難色を示さない。

風がその場で爆散すると、鍵はルイの元へと舞い戻り、その周囲を遊泳する。

《『唯一無二《Like no other》』、Caution》

ルイは手を正面に翳《かざ》す。その掌《てのひら》が、怪物の姿を隠した。鍵が俄《にわ》かに動き出してルイの起動装置に吸い寄せられ、刺さる。

番外編その１『覗きの罰』

《接続《Access》》

ルイの翳した掌に、青き球状の雷が現れる。

雷は棒状に引き伸ばされ、やがて一振りの刀へと物質化する。刀を握り締めた刹那《せつな》、体へ一気に力が巡る。

刀を横へ薙《な》ぐと、周囲に幾多の雷が落ちる。地面を砕き、地面と青白い火花を打ち上げる。

ルイのワンピースが、濁りなき青と白の和装へと切り替わっていく。

《Welcome to Fiona Server》

雷が晴れる。

打ち上がった火花が、さながら桜のようにひらひらと少女の周りを落ちていく。

短いスカートの下で晒《さら》した足に、滾《たぎ》る暴力の兆《きざ》しがオーバーヒートしないようにと風が吹き込む。

わずかに露出した腹に力を入れ、切っ先を今も肉薄をしようとする怪物へ。

「覚悟しなさい」

怪物が今一度風を巻き起こし、ルイへ牙を剝《む》く。

ルイは腰を引き、居合《いあい》の構えを取る。

一閃。

放たれた龍の如き雷の一撃が拮抗を生むことなく風を喰らいつくし、そのまま怪物へ向かう。

黒煙が広がるが、中から間髪入れずに殺気。醜悪な鎧がルイへと疾駆《しっく》する。

「……単調。まぁ、槍から生まれた空気の分際にしては、やるかもね」

怪物は挑発に乗ることはない。

ただ明確な殺意を以って、ルイに腕を振るう。

真上から叩きつけられた腕を防ぐ。青白い稲妻と暴風が渦巻くが、戦意は曇らない。

「ふッ!!」

ルイは刃を滑らせ、力任せの一撃をいなす。返す刃で、怪物の腹を斬り裂いた。

怪物が数歩よろめき、倒れる。遅れて上半身と下半身が別れを告げていた。

『トウカツ』は外皮も異常に硬く、膂力《りょりょく》もCランクと言えど人間とは桁違いだ。

本来人間一人で戦えば待ち受けるのは一切の死のみ。

ただ、この鎧の化け物は、挑む相手を誤ったのだ。人間にも怪物がいることを、この鎧は知らなかった。

「早乙女家を、いえ——私を、舐《な》めんじゃないわよ」

ルイは無残な死体に吐き捨てる。

その背後で、爆発。

ビルの五階ほどから、大量の炎と共に巨体が飛来する。

もう一体、今度は炎か。

ルイは今一度柄《つか》を握る手に力を込める。

……それと、同時。

「————!!」

ルイの心臓が、跳ねた。

体が言うことを聞かない。

頭痛が襲い、緊張する筋肉が体の動きを朦朧《もうろう》とさせ、ルイは胸を押さえながらパタリと尻餅《しりもち》をついた。

胸も苦しい。

心臓が脈打つ度に、強烈な毒が体中を巡るようだ。

血が沸騰しているように肌が熱い。息が途絶《とだ》えそうになる。地面に突き刺した刀を掴んで持ちこたえることも出来ず、崩れる。

(やっぱり、ダメか……ッ!!)

喘《あえ》ぎ、痛みに耐えるが、体の中を蠢《うごめ》く痛みは容赦がない。息が詰まる。

ルイの隠し続けた痛みが、体の至る所を突き破って外に出ようとしている。

鎧を着た騎士が歯をガチガチと鳴らしながら歩み寄る。『煌神具』の装備が光に還り、元のワンピースへと戻った。

どれだけの研鑽を積もうと、超常の力を持たぬ人間など、毒野から生まれた荒くれものには餌でしかない。

死の足音が聞こえ、内臓が浮き上がるような寒気がする。こんな無防備な相手に情を移すほど相手は甘くない。

ルイの目前で、怪物が腕を振り上げる。それすらが、痛みにぼやけて見える。

（いつもこんなとき、アイツが……）

ハヤトの顔が過る。ルイがいつも一緒にいる少年。過去を共有し、ルイがこうなったときはいつも彼が助けてくれた。

「助けて」

風が虚空《こくう》を斬る音がする。ルイは、目を瞑《つむ》り、叫んだ。

「ハヤトッッ!!」

「――――悪いね。ルイを守るのは、アイツじゃなくて俺だ」

ドン。何かが両者の合間を分かつように墜落する音。

ルイの体に刃は届かない。閉じた視界の中で、熱が、痛み渦巻く体を包んだ。

目を開くと、少年の背中がある。

マグマの如き熱を孕んだ刃を素手で握り締めた少年の纏う殺気は、ゾッとするほど凄《すご》んでいた。

「小、波……!!」

「じっとしてて、すぐ終わる」

熱を掻き消す極寒の怖気《おぞけ》が、腹の底から湧いてくる。

到底、仲間に感じていいような感覚ではなかった。細く吐いた彼の息は、灼熱を孕みながらも絶対零度を思わせる。

神域の力を纏った彼の手に力が籠るのが分かる。

腕と一体化した剣がビキビキと音を鳴らし、怪物が悲鳴を上げる。そのまま、ついには腕がへし折れ、ひび割れ、もげた。

蒼は腕の先端を投げ捨てると、怯《ひる》み後退した怪物に向けて腰を落とす。

そのまま、虚空に向かって掌底を叩きつける。解き放たれた炎が、大通りを埋め尽くすほどの幅を以って怪物の体を飲み込んだ。

もはや、波だった。

辛《かろ》うじて焼け残った黒の塊が、両手を広げて天蓋《てんがい》を仰ぐように倒れる。その後、動くことは終《つい》ぞない。

(信じられない。亜種でない力で、一撃……？)

蒼はこれ以上の来襲がないかと空を見上げている。

その横顔を窺《うかが》い、同じ瞳だと気付く。学年別トーナメントでハヤトと競い合ったあのときのものと。

番外編その１『覗きの罰』

蒼がルイに向かって振り返ると、その眼光は凡庸《ぼんよう》な少年のものに戻っていた。

手を差し伸べることなく屈み、蒼はルイの肩に恐る恐るながら手を乗せた。

「大丈夫？」

「だ、大丈夫よ、放っておいて……」

ルイは痛みに耐えながら強めに蒼の手を払いのけてしまう。

この痛みを知られるわけにはいかない。蒼のことだ、心配のしすぎでどうにかなってしまうかもしれない。

体を抉《えぐ》る毒は苛烈《かれつ》を極める。しかし、ルイは顔の筋肉に全神経を集中させて平静を保つ振りをし、それからゆっくりと立ち上がる。

「助けてくれて、ありがとう。ちょっと気分が優れないから、行かなきゃ」

「ちょっと待って、いい薬があるんだ」

「いいわ。そういうのじゃないから」

これは薬でどうにかなるものではない。言うなれば鋭利な剣をそのまま体の中に突っ込まれたようなものなのだ。

髪が額に流れる脂汗に張り付いて気持ち悪い。ルイは足早に去ろうとするが、後ろから追いすがる蒼の気配がある。

「ルイ。無理しないでいいんだよ」

「だから!! 放っておいてって言ってるでしょ!!」

肩に乗せられた手を苛立《いらだ》ちながら振りほどく。

だが。

「それは無理だよ」

その手を逆に掴まれ、男らしい強引な力で無理矢理に振り返らされる。

一も二も言わせぬ速さでルイの唇に蒼の人差し指と親指が触れた。

蒼が摘《つ》まんでいたカプセルがルイの口の中に入る。ルイはそれを、認識する前に飲み込んでしまっていた。

「その薬、よく効く。ただ、副作用で結構強烈な眠気が来るけど」

「何てもの、飲ませるのよ……そんなんじゃ、治らないって……」

ルイの体に鈍い眠気がくすぶり始める。効き目はないくせに、副作用だけは一丁前だ。

だが、蒼は慌てることもなく、ただ静かにルイを見つめている。

「いいや。その薬は、ルイには効くし、ルイ以外には効かない。特注で、ルイのためだけに作った薬だから」

気付く。眠気に紛《まぎ》れて、痛みが遠のいているということに。

蒼は労《いた》わりに満ちていながらどこか達観した視線をルイに向け、よろけそうになったルイの体を支える。

「どう、いう……こと……？」

「それは、特製の解毒薬。ルイの体内にある黒縄《こくじょう》リリアの毒を抑える程度にしかならないけど、すぐに楽になるよ」

蒼は優しく笑う。

あまりに重たい瞼を押し上げ、瞠目《どうもく》しそうになった。

彼の話しぶりは、まるで、あの炎の日に何が起きたかを、全て知っているようだった。

ハヤトとセナ以外が知ることのない、あの地獄の日を。

視界が心地よい眠気によって閉じていく。そのとき見上げた少年の顔は、誰か全く別の人間のようだった。

☆

白い天井。まだ体が重いが、寝覚めはよい。ルイの好きな消毒薬の匂いがする。

柔らかな感触に背中を預けている。

ベッドの周りは仕切りに遮《さえぎ》られ、閉じ切っていた。

昼下がりの緩やかな陽射しが映り込んでいる。隣を見れば、椅子がベッドの側に粛々《しゅくしゅく》と寄り添っていて、誰かが座っていた跡がある。

番外編その１『覗きの罰』

丁寧に、ルイの靴が揃えられていた。靴を履き、仕切りを開けた。

どうやら、学校の保健室のようだった。

机の上には読んでも理解できない書類や本が散乱し、その隣でサボテンが窮屈そうにしている。廊下にも、他のベッドからも人の気配はない、静かだ。

ただ一人、小波蒼だけが窓の外を見て立っていた。ルイは自分が険しい表情で彼を見ていることを自覚していた。

「具合はどうかな」

彼は外を見ながらそう尋ねた。

「そんなことより、教えなさい。どうしてあのことを知っているの」

「あのことって、どのことかな」

蒼はルイの目を見る。同い年には見えない、少し大人の世界に足を踏み入れた青年のような眼差《まなざ》しだった。

「ルイが、九年前にCODE：Iの襲撃を受けたこと？　そのときに黒縄リリアに襲われたこと？　如月ハヤトがルイを助けてくれたこと？　それでも完全には助けきることが出来ず、今もその毒が体内に残っていること？」

「何故……？　セナとハヤト以外、知っているはずがないわ」

ルイは瞬《まばた》きも忘れて蒼に問う。

セナかハヤトが蒼に言ってしまったのかと思ったが、細部を知りすぎだ。少年は顎に手を当てて、また窓の外を見た。

「その質問に答えるのは難しくないんだ。でも、その答えは、ルイには信じられないかもしれない。それでも、聞きたい？」

「……ええ。教えて」

ルイは彼の意味深な言葉にあまり時間を要さずに答えた。

前々から小波蒼という人間には違和感があった。自分に最初から大きな愛を持っていた理由。何か、他の人間とは違う感覚。

その正体が、彼のいう答えにあるのかもしれない。それは、彼がルイの過去を知っていることと同じくらい気になっていることであった。

「分かった。俺も……このことを話すなら、ルイに一番最初に打ち明けたかったから」

蒼はルイをベッドに促す。

ルイが腰かけてふかふかのマットレスに尻を沈めている間に、小波は本棚を物色する。

そこから彼が取り出したのは、保健室の主の趣味だろうか、純文学の本だ。

「本は読む？」

「……？　ええ、たまにね」

ルイは脈絡のない質問に首を傾げつつも答え、手渡された本を受け取る。

中を開く。

難解な味の深い文章が滔々《とうとう》と並び、文字で埋め尽くされたページ。

何の変哲もない、純文学といったところだ。何故これを？

「結構昔のことだけど、中学のころはよく読んでたよ。こんなにしっかりした本じゃないけどね」

つい最近まで中学生だったのに結構昔とは。だが、彼の大人びた視線を見ていると、軽々しくそうは言えなかった。

「ルイはさ、こういう本の中で、会いたくなった人とかって、いる？」

「ええ……そう、ね。少しは、あったかも」

思い出を振り返りながら、ゆっくりと答える。

子どもの頃、両親に読み聞かせてもらった絵本が真っ先に思い当たった。

どこか遠い星からやってきて、帰り道を探す王子様の話。母親に抱きしめられながら読み聞かされたその少年の旅路に、何かときめくものを感じたのを覚えている。

そこまで考えて、今の両親の冷たい視線を思い出し、曇った感情が沸《わ》き上《あ》がる。

「俺には、どうしても会いたかった人がいた。それはもう、誰に笑われたって、恋だったよ。決して届かない恋。彼女がいる本は、何度も読んだよ。いつかこの指が、本に沈み込んでその世界に入れることを願って」

蒼はルイの隣に腰掛けながらゆっくりと言葉を綴《つづ》る。

「意外とロマンチストね」

「そうかな。でも、その本の壁は何よりも厚かった。俺がどれだけの恋情を持っても破れない壁。その表面に触れることしか俺には出来なくて、彼女はいつも本の中で笑い、悲しみ、強く生きていた」

彼のそのとき感じたであろう悲痛な気持ちが、ルイの心の中にすっと入り込んでくる。

「もどかしい恋だった。会話をすることも出来ず、ただ、与えられるものを見るだけ。妄想の中で何度も彼女とは会ったけど、どこか薄くて、淡い仮初《かりそめ》の非現実。とても魅力的なだけに、彼女に会えないのは辛かった。そう、ルイと同じくらい、素敵な人だった」

蒼は郷愁に満ちた目をページの上に向けて手で撫ぜる。

ルイはくすぐったい思いをしつつ、彼の言う想い人のことが少し気になった。

聞かずとも、彼はその少女のことについて語る。

……ルイの目を、しっかりと見ながら。

「その子は、自分の不幸な境遇にもめげず、強く生きていた。意地っ張りだけど、本当は誰よりも優しくて、強くて、友達を大切にしてて、周りのことを考えてて、使命感があって、強い意志があって、一途《いちず》で、思いやりがあって、努力家で、でも誰よりも傷つきやすくて、繊細《せんさい》な子。自分の一番好きな人にも隠して、読者だけに見せた彼女の生き様は、温《ぬる》く生きていた俺には、すごく眩《まぶ》しく映った。その子のことなら、何でも知ってる」

何故か、セナがルイを抱きしめて言った言葉を、思い出す。

それはまるで、ルイのことを言っているようで――

「いつも不機嫌そうにツンとした眉に、勝気で、空よりも鮮やかな青い瞳。口元はいつも引き結ばれているけど、時折見せる笑顔は誰よりも華があって、その金色のツインテールは獅子《しし》の鬣《たてがみ》よりも気高い。俺には、世界に愛された銀髪の天使よりも、その子の方が美しく思えた」

琴音の顔が頭に過ったのは、どういうわけなのだろう。

ルイは目を見開いて、蒼の真摯《しんし》な瞳を見返した。

彼は……最初から、彼の目の前にいる人間の話しか、していなかったのだ。

「いつの間にか俺の方が年を取ってたけど、そんな折に、信じられないことが起きたんだ」

静かな空間だった。彼の声と息遣い以外、何の音もしない。

「気が付いたら、彼女と同じ世界にいた。俺は何も特別なものを持っていなかったけど、同じ世界にいられるなら、越えられない壁なんてない。だから、世界の隅っこから、世界の中心にいるその子に、会いに来たんだ」

ルイの呼吸すら、止まったようだった。

「そして、その子は今――目の前にいるんだ」

番外編その2 変わったもの

「空に何かあるの？」

日曜日の正午、自主練を終えた朱莉《あかり》は校門の前でペットボトルの中身を呷《あお》った後、兄に尋ねてみた。

双子の兄、蒼《あおい》は奥多摩《おくたま》の空を見上げていた視線を朱莉へと向ける。

彼の青の瞳は、その年でありながらどこか哀愁《あいしゅう》を帯びていた。そっと結ぶ唇《くちびる》が、大人びている。

「ううん、何もないよ」

それからまた空を見上げ、言った。

「ただ……すごく、綺麗に見えるようになったなぁって」

朱莉は前髪に触れながら蒼に並んで空を見上げる。確かに綺麗ではあるが、何の変哲もないいつもの空だ。

「前は違ったの？」

「そんな気がする」

他愛のない兄妹《きょうだい》の会話の最中、朱莉は隣に並ぶ少年の顔を覗《のぞ》いた。

「ふーん……」

違うといえば、変わったといえば、空よりもまずこの兄の方であろうと、朱莉は思った。

☆

番外編その２『変わったもの』

これは朱莉が中学一年生のときのことだ。

陸上部の活動を終えたジャージ姿の朱莉がリビングの戸を開けると、母親が中華鍋で何かを炒める音と、バラエティ番組の笑い声が耳に入ってくる。父親はまだ帰っていない。今日の晩ご飯は炒飯《チャーハン》だろうか。

「……ただいま」

「ん」

ぶっきらぼうな挨拶《あいさつ》。ソファに腰掛けた蒼が漫画から顔を上げたが、一言を交わすとまた紙の世界へと没入していった。

母親と会話を交わす。挨拶に始まり、今日の学校であった出来事やら部活の愚痴《ぐち》やらへと広がっていく。

「蒼、進路はもう決めたの」

自室へ戻る道すがら、兄に尋ねてみる。少し気の悪い質問だったのか、蒼は朱莉を見ることはなかった。

「いいじゃん別にどこでも」

「あっそ」

いつもの会話だった。

朱莉と蒼。朱莉は外向的で部活も熱心に励み、蒼はどちらかというと地味でインドア派。かたや父親に憧れて将来はFND《フォンド》にと息巻き、かたやこれといった将来の夢がない。

都度、もっと頑張ればいいのにと、腹が立つ、気に入らないと蒼には思う。

とはいえ、当たり前に一緒にいる家族であり、好きとか嫌いとか、そういう感情の湧《わ》く間柄ではなかった。

強《し》いて言うなら、思春期の朱莉にとって目の上のたんこぶのような存在。いや、それはお互い様だろうか。学校ではほとんど話すこともなかった。

それから、二か月後。

蒼がトウカツ襲撃に巻き込まれて負傷し——蒼は変わった。

番外編その2『変わったもの』

☆

早朝五時。木漏れ日《こもれび》のような淡い光が空に満ちていく。朝練のために早起きをした朱莉にとっては、そんな柔い陽光が憎たらしくて仕方ない。

階段を降り、リビングへ。その途中、玄関へ差し掛かった朱莉は、最近になって当たり前になってきた奇妙な光景を目にする。

玄関に腰掛け、荒い呼吸を繰り返す兄の姿だ。打ちひしがれたボクサーのように天井を仰いでいる。とめどなく溢《あふ》れる汗で水溜まりができそうだ。

これまで、朱莉のほうが毎日二時間近く早く起きていたというのに、この頃は真逆だ。

休日に夜更《よふ》かしをしようものなら、朱莉が寝る時間に蒼が起きるなんてこともざらにある。

「おかえり」

「ただいまぁ……」

上から覗き込むと、蒼はニッコリ笑って挨拶を返す。屈託《くったく》のない笑みに、朱莉は少し照れくさくなって頬《ほお》を掻《か》いた。

リビングから母親が顔を覗かせる。朱莉と二、三言交わすと、母親は蒼に尋ねた。

「ご飯できてるけど食べてく？」

「ありがとう母さん、いただくよ」

聞くに、これから学校までの間に訓練所に行くらしい。あまりの変わりように、朱莉は自然と苦笑いを浮べていた。

夜になり、家族の団欒《だんらん》の時間になっても、彼は中庭で素振りを続けていた。

『はい！「カナヘビ」です!!』

「よく読めるなぁ、こんな難しい漢字」

クイズ番組を眺めながら晩ご飯を囲む両親と朱莉。同い年のアイドル、鳳城《ほうじょう》セナの回答に家族一同が感心していると、中庭から蒼の声が。

「父さーーん!!」

「……やれやれ」

父親が両手を合わせて席を立つ。さしずめ走り込みの付き添いのご希望だろう。こんな時間に中学生が一人で走ったら補導されるから外へ出るときは声を掛けろと言い出したのは父親のほうだが、流石《さすが》に大変そうだ。

まぁ……当の本人は父親冥利《みょうり》に尽きるとでも言わんばかりの顔で激務を感じさせずに蒼に付き合っているが。

それからも、蒼の変貌ぶりは、留《とど》まることを知らなかった。

☆

同じ家に住んでいるのだから、風呂上がりで上半身裸の蒼と不可抗力で鉢合《はちあ》わせることはこれまでもぼちぼちとあったのだが。

あの事件以降、そんな遭遇をするたびに蒼の体が鍛《きた》え上《あ》げられていくのがわかった。

そして、一年が経《た》ち、朱莉が偉大な目標としていた父親を蒼は超えてしまった。

中学でも蒼の相手になる人間はいなくなり、『煌神具《コスモギア》』の授業になると蒼は先生と訓練に励むようになっていた。

『朱莉ってほんと蒼くんと似てるよね』

『ちょっと、よしてよ』

幾度《いくど》となく交わしたクラスメイトとのこんな会話も、

「朱莉ってほんと蒼くんと似てるよね」

「……まぁね」

いつの間にかこうなっていた。

これまでは廊下ですれ違うたびにまるで他人のような素振《そぶ》りを互いにしていたが、気がつけば軽く手を振り合うように。

彼の変わりようは、双子の兄にやきもきして造った思春期の壁を貫通するには十分であった。

また一年。聖雪《せいせつ》高等学校に入学した蒼は、さらなる変化を見せつける。

「俺、小波《さざなみ》蒼!! よかったら一緒に学校行かないか⁉」

「アンタほんっっっとしつこいわね!! そろそろ諦めなさいよ!!」

女子寮の前で早乙女《さおとめ》家の子女を前に玉砕《ぎょくさい》する蒼。

昔は家でも学校でも色恋沙汰の噂一つ聞いたこともない奥手な蒼が、凄《すさ》まじく開放的に自身の恋心を顕《あら》わにしていた。

「うう……」

「こんなところで落ち込んでるんじゃありません」

「朱莉ぃ……」

涙目で朱莉を見上げる蒼を立たせ、ふんすと鼻息を荒くして蒼の背中を押した。

「ごめんよこんなみっともない姿見せて……」

プライドを固持《こじ》するでもなく素直に醜態《しゅうたい》を詫《わ》びる兄。

「別に。いつものことだし」

朱莉はため息を吐《つ》く。

「お、怒ってる……?」

「怒ってない」

朱莉は平静を装って即答した。

自身の胸のざわめきを隠すように。

……蒼は、本当に変わった。
いや――

☆

現在。

自主練を終え、シャワーで汗を流し、再び蒼と合流した朱莉。

校門の側《そば》のベンチに二人で座り、兄妹の何てことない話が続く。

蒼は穏やかな風に目を細め、朱莉の話に優しく相槌《あいづち》を打っていた。

こんなところ、中学のときであれば絶対に他人に見られたくなかっただろうが、今はこの空間が心地よい。

――思春期は終わったかな、私。

そう考えたが、多分違うだろうと思う。

「ひッ……!!」

瞬間だった。朱莉は素《す》っ頓狂《とんきょう》な悲鳴を上げて飛び跳ねそうになる。

蒼の頭が、朱莉の肩に乗せられたのだ。

驚いた猫のように、全身が固まっている。数秒後、油を差していない機械さながらのガタガタとした動きで朱莉は蒼を見やった。

蒼はすっかり目を閉じ、呑気《のんき》な寝息を立てている。日頃の過酷な訓練で相当疲れが溜まっていたのだろう、安らかな表情だ。

「びっくりした……」

朱莉は止まっていた呼吸を思い出す。

脈打つ心臓の音が蒼に聞こえてしまいそうで、朱莉の顔に熱がこみ上げてくる。

……そういえば、前にもこんなことがあった。

中学一年のとき、蒼と二人で電車に乗っていたときだ。

『ちょっと……!!　やめてよね』

『んあぁ……ごめ』

当時はこんな会話をして蒼を押しのけた気がするが、朱莉は今、同じことをしようとは思わなかった。

気恥ずかしい気持ちはありながらも、朱莉は蒼を見つめて口元を綻《ほころ》ばせる。

胸の鼓動がうるさい。勢いが収まることもない。顔の熱は風に煽《あお》られても飛んでいくことはなかった。

「無理しすぎだよ、蒼」

朱莉は小声で説教を垂れ、それから彼が変わったと言い張る空を見上げた。

……蒼は、本当に変わってしまった。

「…………」

いや、と考え直し、朱莉は空《あ》いた手で自身の胸に——心に触れる。

兄を肩に乗せた朱莉の心は、恥ずかしいやら嬉しいやらで、すこぶる逸《はや》っていた。

「ふふ」

もしかしたら、自分の方が大きく変わってしまったかもしれないと、思った。

あとがき

はじめまして、このたび書籍初デビューいたしました、裕道麩葱《ゆどうふねぎ》と申します。

まずは、本書を手に取っていただきまして、誠にありがとうございます。

ライトノベル作家になることを夢見て十年以上が経ちましたが、ようやく夢の入り口に立てたことを、大変嬉しく思っています。

さて、このお話は、前世でろくでもない生き方をした青年が中学生時代に大ハマリした小説の世界の中へと転生し、前世で痛感した後悔を繰り返さないように奮闘するお話です。

今回の作品を作るに至った理由ですが、まず、私のこれまで書いてきた小説には今作のメインヒロインでもあるルイというキャラクターが必ず登場します。自身で創作したキャラでありながら、というより自身で創作したキャラであるからこそ、有り体《あてい》に言ってとても好みのキャラなのです。長い付き合いなのも相まって非常に思い入れのあるキャラになっており（蒼《あお》のアプローチが強いのもその影響かもしれません）、基本的に舞台は彼女が映《ば》えればどんなものでも、と書いてきました。モブ転生は、本当に唐突に、そうだ、モブに転生するお話はきっと面白いぞ！　と頭の中に降りてきたものでした。

その上で、この作品には、私がこれまで人生を生きてきて感じたことをぶつけてみました。

メインテーマとなっている「後悔」です。多かれ少なかれ、皆様にもこの感情と向き合う機会があるのではないでしょうか。私には数え切れないほどたくさんあります。

後になって振り返ったら、あのときこうしてればよかった、あの人のようにしておけばよかった、そんなことが、一つ一つを忘れ去ってしまうほどにたくさんです。

今ここで動いていないと後悔する、そう知っていながら何か言い訳をして目の前で機会が去って行くのを見送ってしまったこともありました。

だからこそ、主人公の小波蒼という少年に、後悔のないようにと、私にできなかった生き方をしてほしいと思いました。たとえ何も特別なものを持っていなかったとしても。むしろ、境遇に左右されない後悔なき生き方を、小波蒼《さざなみ》には見せて欲しいと思いました。

烏滸《おこ》がましいとは思いますが、全てを読み終えた後、この作品が、これから先の皆様の人生の後悔を一つでも減らす一助になってくれれば、とても嬉しいです。

最後に、今回の出版に際して多くの方に携わっていただきました。

イラストレーターの有河《ありかわ》サトルさんには、細かいリクエストにも応えていただき、私の世界を美麗なイラストに仕上げていただきました。本当にありがとうございます。

担当編集の儀部《ぎぶ》さんには多くのアドバイスや調整をしていただき、念願の書籍化をすることができました。私の文に向き合っていただき、本当にありがとうございます。

そして、校正や印刷に携わっていただいた方々、小説投稿サイトで私の作品を見つけていただいた方々、こうして本を手に取っていただいた方々、本当にありがとうございました。
この作品の続きを、書籍として皆様にお送りできることを、願っています。

この度、挿絵を担当させていただきました有河サトルです。
今回WEB掲載作品の出版化で描いてみないかと担当さんに誘われまして
お仕事楽しませていただきました。
WEBで掲載されているということは、出版部分の先まで情報が出ているわけで
すごく新鮮な感じで楽しくもあり、しかし目に入るデータ量も多くなるため
間違いがないか緊張もします。特に今回は自分の日程がカツカツで
裕道先生や、担当さまには大変ご心配をおかけしてしまったと思います。
次はスケジューリングをしっかりしたいと思います。

勝手に始まる巻末ラフのコーナー
キャラデザは起こしてあるけど
挿絵で出番がなかった
喫茶店モードの朱莉ちゃんです

クソッ! またモブか!?

～世界《せかい》の片隅《かたすみ》のモブから負《ま》けヒロインのキミへ～

2024年5月30日　初版発行

【著者】　裕道麩葱《ゆどうふねぎ》

【イラスト】　有河サトル

【発行者】　山下直久

【発行】　株式会社KADOKAWA
〒102-8177 東京都千代田区富士見2-13-3
電話 0570-002-301(ナビダイヤル)

【編集企画】　ファミ通文庫編集部

【デザイン】　寺田鷹樹(GROFAL)

【写植・製版】　株式会社スタジオ205プラス

【印刷】　TOPPAN株式会社

【製本】　TOPPAN株式会社

●お問い合わせ
https://www.kadokawa.co.jp/(「お問い合わせ」へお進みください)
※内容によっては、お答えできない場合があります。
※サポートは日本国内のみとさせていただきます。
※Japanese text only

●定価はカバーに表示してあります。　●本書の無断複製(コピー、スキャン、デジタル化等)並びに無断複製物の譲渡及び配信は、著作権法上での例外を除き禁じられています。また、本書を代行業者等の第三者に依頼して複製する行為は、たとえ個人や家庭内での利用であっても一切認められておりません。　●本書におけるサービスのご利用、プレゼントのご応募等に関連してお客様からご提供いただいた個人情報につきましては、弊社のプライバシーポリシー(URL:https://www.kadokawa.co.jp/)の定めるところにより、取り扱わせていただきます。

©Yudo hunegi 2024 Printed in Japan
ISBN978-4-04-737901-5 C0093

本屋に並ぶよりも先に
あの人気作家の最新作が
読める!!
今すぐサイトへGO!
どこよりも早く、どこよりも熱く。
求ム、物語発生の
目撃者――
カクヨム
ネクスト
Illustration:漣
最新情報はX
@kakuyomu_next
をフォロー!
KADOKAWAのレーベルが総力を挙げて
お届けするサブスク読書サービス
カクヨムネクスト
で検索!